Le Mythe de Sisyphe

西西弗神话

〔法〕阿尔贝·加缪 著 李怡锐 译

北方联合出版传媒(集团)股份有限公司
万卷出版有限责任公司

ⓒ 阿尔贝·加缪 2024

图书在版编目（CIP）数据

西西弗神话 /（法）阿尔贝·加缪著；李怡锐译
. -- 沈阳：万卷出版有限责任公司，2024.1
ISBN 978-7-5470-6268-5

Ⅰ.①西… Ⅱ.①阿…②李… Ⅲ.①随笔—作品集
—法国—现代 Ⅳ.①I565.65

中国国家版本馆CIP数据核字（2023）第097103号

出 品 人：王维良
出版发行：北方联合出版传媒（集团）股份有限公司
　　　　　万卷出版有限责任公司
　　　　　（地址：沈阳市和平区十一纬路29号　邮编：110003）
印 刷 者：辽宁新华印务有限公司
经 销 者：全国新华书店
幅面尺寸：145mm×210mm
字　　数：90千字
印　　张：7
出版时间：2024年1月第1版
印刷时间：2024年1月第1次印刷
责任编辑：王　越
责任校对：张　莹
封面设计：仙　境
版式设计：李英辉
ISBN 978-7-5470-6268-5
定　　价：38.00元
联系电话：024-23284090
传　　真：024-23284448

目 录 Contents

献给

帕斯卡尔·皮亚 [1]

哦，我的灵魂啊，

它不渴求永生，但求穷尽所有可能。

——品达 ①

《皮托竞技胜利者颂》第三首

———————————————

① 古希腊抒情诗人。

本书接下来的篇幅将谈论本世纪俯拾皆是的荒谬感，而非阐述我们这个时代——从严格意义上来讲，尚不为人所知的荒谬哲学。因此，出于最基本的诚实，我首先要强调当代的某些思想家对本书所做的贡献。对他们思想观点的引用和评论也将贯穿其中，对此我无意隐瞒。

与此同时，我还需要指出，直到目前为止被视为结论的荒谬，在本书中则是我论述的起点。有鉴于此，我的评述可以说只是暂时性的：我们并不能预判它的立场。在此，我们只能看到对某种精神痛楚的纯粹描述，既不涉及形而上学，也无关信仰。这便是本书的局限和立场。

荒谬的推理

荒谬与自杀

真正严肃的哲学议题只有一个，即自杀。判断生命是否值得活，是对哲学基本问题的回答。其他诸如世界是否有三个维度，思维是有九个还是十二个范畴之类的问题都要退居其次。这些问题都无伤大雅，必须首先回答最重要的问题。如果确如尼采所言，一位哲学家要想获得他人的尊重，就必须以身作则，那我们就更能理解这个回答的重要性，因为它会引出具有决定意义的行为。心灵对这些事实并不陌生，但必须经过深度思考，才能让它们在头脑中逐渐清晰。

若我自问，如何判断这个问题或那个问题哪个更加迫切，我的回答是看它所引发的行动。我从未见过有人为本体论证明而死。伽利略坚守重要的科学真理，然而一旦这真理危及他的生命，他立刻会弃之如敝屣。从某种程度上来讲，他做得对。这个真理不值得他为之献身。究竟是地球围绕太阳转，还是太阳围绕地球转，着实是无关紧要。坦率点讲，这是个肤浅的问题。与此相反，我见过很多人因为生命不值得活而自寻短见。更具讽刺意味的是，我还见过其他人，因为让他们生活下去的理由或幻想而自戕（人们所谓的活下去的理由，恰巧也是寻死的有力理由）。因此，我认为生命的意义是亟待回答的问题。如何回答呢？就所有的基本问题而言，我指的是那些可能让人丧命或对生活热情倍增的问题，或许只有两种思维方式，即拉帕利斯式的和堂吉诃德式的。只有在实证和抒怀之间取得平衡，才能同时获得情感与清醒。可以想象得到，面对如此卑微又悲怆的议题，博学的古典辩证法必然让位给一种更加谦逊的态度，这种态度既来源于理智，又不乏悲悯。

世人向来将自杀当成一种社会现象来讨论。此处则恰恰相反，我们首先要探讨的，就是个人思想与自杀之间的关系。自杀这种行为如同伟大的作品，是在内心默默酝酿而来的，连当事人自己都意识不到。某天晚上，他突然扣动扳机或纵身跳楼。某日，有人告诉我，一位大楼管理员自杀了，他五年前失去了女儿，从那以后就改变了许多，那段经历"埋葬了他"。再没有比"埋葬"更准确的词了。开始思考，就等同于开始被埋葬。起初，社会几乎与此毫无关联。蠕虫住在人的心里，必须去那里寻找它。我们必须关注并理解这种从清醒地面对存在到逃避光明的致命游戏。

自杀的原因有很多，通常来讲，最明显的原因并不起决定性作用。世人很少在深思熟虑过后选择自杀（但不排除该假设）。引发自毁的动机往往无法掌控。报纸上经常说的"伤痛欲绝"或"不治之症"，大抵可以为此做出解释。不过我们还应该了解，就在自杀当天，某位绝望之人的朋友是否以冷漠的语气对他说话。这位朋友才是肇始者，因为此举足以将对方心中悬而未决的憎恶感和倦怠感一并激发出来。

不过，如果很难界定精神走向死亡的准确时间点和复杂的过程，那么从自杀这个行为本身推断出它所隐含的后果则相对容易。从某种意义上来说，自杀，类似在情节剧中一样，就是坦白。坦白被生活所压倒，或是坦白不理解生活。我们不必再用这些类比，还是回到日常语言当中来吧：自杀就是承认"不值得"。当然，生活从来都不是一件容易的事。我们不断做出生存所需要的各种行动，原因有很多，首先是习惯。自我了断，意味着人们已经——甚至是本能地——认识到这种习惯的可笑本质、生存理由的经不起深究、日常生活的蝇营狗苟和历经痛苦的徒劳无益。

这种无法估量的、令精神毫无喘息之机的感觉究竟是什么呢？一个我们可以解释的世界，即使解释得不够好，也还是我们熟悉的世界。与此相反，在一个突然失去幻想和光亮的世界中，人会感觉自己像个局外人。这种流亡申告无望，因为被剥夺的不仅是对故土的记忆，还有对理想国度的期许。人与生活、演员和片场之间的割裂，正是荒谬感。所有神志清醒之人都曾想过自杀，我们无须做过多解释就能看出，这种感觉和对虚无的渴望之间存在着直接联系。

本篇文章的主题正是荒谬与自杀之间的关系，探讨自杀能在多大程度上解决荒谬。我们可以假定，对于不弄虚作假之人来说，他所认为的真实必然支配他的行为。因此，对于存在之荒谬性的信仰必然也会支配他的行为。我们怀着合理的好奇心，清楚且不失悲怆地自问道，是否"存在即荒谬"的结论迫使我们尽快逃离这难以理解的境况呢。当然，我在这里说的是那些愿意与自我达成和解的人。

　　准确来讲，这个问题看起来既简单又无解。人们错误地认为，简单的问题会有同样简单的答案，明显的原因会带来明显的结果。我们可以先把问题和答案颠倒过来，比如到底是自杀还是不自杀呢，似乎只有两种哲学上的答案：是或否。这未免太过简单。然而，我们必须考虑到那些尚未有定论的人，他们会一直追问下去。我并没有在此夸大其词：这是大多数人所面临的情况。我也见过那些嘴上回答"否"的人，做出的行动却表明他们心里想的是"是"。事实上，如果按照尼采的标准，他们诠释"是"的方式也不尽相同。与此相反，那些自杀者，往往都已确信生命的意义。这些矛盾连绵不绝。甚至可以说，在是否自杀这一点上，矛盾从未如此尖锐，以至于逻辑显得尤为重要。将哲学理论和信奉这些理论之人的行为进行对比，是司空见惯之事。不过我们必须说明，在那些否定生命意义的思想家当中，除了文学作品中的基里洛夫、传说中的佩雷格里诺斯和有待证实的儒勒·勒吉耶之外，没有人会为了逻辑的自洽而结束自己的生命。我们经常半开玩笑地提到叔本华，说他在满桌珍馐前盛赞自杀。这并没有好笑之处。不把悲剧当回事没什么大惊小怪的，但足以判断这是个什么样的人。

　　面对这些矛盾和含混，我们是否还应相信，人对生命的看法和弃绝生命的行为之间没有任何关系呢？对此，我们不做过多解读。在人对生命的依恋当中，有某种比世间一切苦难还要强烈之物。肉体的判断并不亚于精神的判断，但肉体在面临毁灭时会畏葸不前。我们在习惯思考前就已经习惯活着了。在这场每天都加速奔向死亡的竞赛中，肉体总是无法挽回地走在最前头。说到底，这种矛盾的本质存在于我所谓的"逃避"当中，因为它或多或少地可以等同于帕斯卡①所说的"消遣"。本篇文章的第三个议题是对死亡的逃避，也就是希望。对拥有"应得的"来世的希望，或是那些不是为生命本身而活，而是为超越人生、升华人生、赋予人生意义，甚至不惜背叛人生的伟大理念而活的欺瞒说辞。

---

① 法国神学家、哲学家、数学家。他认为消遣娱乐并不能让人逃避虚无，反而让人认识到自身的愚昧。

这一切令问题变得更加复杂。到目前为止，我们一直在玩文字游戏，并且假装相信，否定生命的意义必然得出生命不值得活这一结论，这种做法并非徒劳。但事实上，上述两个论断之间没有必然的联系。我们只要别被之前提到的混淆、割裂和矛盾引入歧途就好；必须把它们搁置一旁，直奔真正的问题。人之所以自杀，是因为生命不值得活，这无疑是事实——但却是毫无新意、老生常谈的事实。然而，这种对存在的嘲弄、对存在的否定，难道真的是因为存在毫无意义？难道我们必须通过希望或自杀来逃避存在的荒谬性？这才是我们将其他事物抛诸脑后，着力补充、追问和阐明之处。究竟是不是荒谬在对死亡发号施令呢？我们应当在所有思想方法和无关痛痒的思维游戏之外，优先思考这个问题。"客观"精神总是善于将细微差别、矛盾冲突和心理学引入问题当中来，但它们在本次探讨中毫无立足之地。我们所需要的，只是一种不定是非的思考方式，也就是逻辑。这并不简单。合乎逻辑是轻而易举之事，但从头到尾遵循逻辑几乎是不可能的。亲手终结自己性命之人，正是一路顺着情感的滑坡，走到了生命的尽头。思考自杀，让我有机会提出唯一令我感兴趣的问题：是否存在一种直通死亡的逻辑？我只有不受感情的纷扰、仅凭事实的光亮，去追寻在此指出的推理的源头，才能找到问题的答案。这就是我所说的"荒谬的推理"。许多人已经开始使用这种推理方式，但我不知道他们是否能坚持下去。

卡尔·雅斯贝尔斯 [1] 声称世界的统一性是无法建构的，他写道："这种局限性使我回归自我，在自我当中，我无法再隐身于某种我所代表的客观观点之

––––––––––––––––

[1] 德国哲学家、精神病学家，存在主义神学的代表人物。

后，就连自我本身，抑或是他人的存在，都无法再成为我的客体。"同其他人一样，他也提到了思想濒临绝境时的那片干涸漠土。同其他人一样，没错，但多少人急于逃离那里啊！许多人，甚至是最为平凡之人，都曾走到思想摇摆不定的最后一个十字路口。接着，他们放弃了自己最宝贵的东西，也就是生命。其他人，比如思想界的巨人，也同样放弃了，但他们采取的是最纯粹的反抗形式，即思想上的自杀。真正的努力反倒是尽可能地留在原地，端详长在遥远国度的奇花异草。面对这出荒谬、希望和死亡交锋的残忍剧目，只有坚持不懈者和洞若观火者才有权留下来当观众。这场群魔乱舞既基础又深奥，我们可以在头脑中分析里面的角色，加以描摹，并将它们重新演绎。

荒谬的高墙

深刻的情感如同伟大的作品，其含义总是要比表露出来的更加意味深长。心灵中持续出现的冲动感或厌恶感存在于行动或思考的习惯中，并重现在连心灵本身都意识不到的后果中。伟大的情感，或灿烂或悲惨，都拥有自己的宇宙。它们用各自的热情，形成了独有的氛围，照亮了专属的世界。这些宇宙可能是充满嫉妒、野心、自私或慷慨的宇宙。此处的"宇宙"，指的是一种形而上学的思维方式和精神态度。相较于具体的情感而言，最核心的情感更是如此，因为情感是难以界定、含混不清的，同时又是"确定无疑的"，就像美或荒谬在我们心中所激起的情感一样，既远在天边，又"宛若眼前"。

任何人都有可能在任何一个街角迎面撞上荒谬感。它赤条条的，浑身黯淡无光，就这样撞上你，令人难以捉摸。为何难以捉摸，这值得我们深思。或许我们永远都无法了解一个人，他身上总有某种我们无法察觉之物。但事实上，他身上总有某种我们无法理解之物。或者说，我了解人，我通过人的行为举止、行动总和、生活经历所产生的影响来识人辨人。所有那些无从分析的非理性情感亦是如此，通过汇总它们在智识层面的影响，捕捉并记录它们的万千样貌，追溯它们的宇宙，事实上，我可以定义和评价它们。可以肯定的是，即使我看过某位演员上百次的演出，我也不能说对他有更深的了解。然而，如果我把他所饰演过的角色罗列出来，当我数到第一百个角色时，我可以说自己对他有所了解，各位也会觉得我说得有道理。这一显而易见的矛盾也是一则富有教益的寓言。它告诉我们，虚情假意和真情流露都可以用来界定一个人。正因如此，低沉的语气，内心深处难以触及的情感，都能通过它们所激发的行为和表明的精神态度露出冰山一角。各位都能看出来，我正在界定一种方法，但这种方法是分析法，而非认知法。因为方法牵涉形而上学，它会无意间透露有时坚称不甚了了的结论。这也就是说，一本书的最后几页内容已经包含在前几页里了。这个首尾相扣的结无可避免。此处所界定的方法是承认真正的认知绝无可能。唯有表象可以被列举，唯有氛围可以被感知。

或许我们能够在不同但相关的世界中寻到这种难以捉摸的荒谬感，比如智识的世界、生活艺术的世界，或是纯艺术的世界。开头是荒谬的氛围，结尾是荒谬的宇宙和以自身的光芒照亮世界的精神态度，它使世界辉映出那张它所认出的非比寻常的无情面庞。

　　所有伟大的行动和伟大的思想都有一个微不足道的开端。伟大的作品往往诞生于街道的拐弯处或餐厅的喧闹声中。荒谬也不例外。荒谬的世界更多地借由这种悲惨的身世来达致它的高贵。在某些情况下，当某人被问及在想什么时，"没什么"这个回答很有可能是他的刻意回避。恋爱当中的人都很清楚这一点。但是，假如这个回答是真诚的，假如它代表的是空虚甚嚣尘上、日常行为的链条断裂、心灵徒劳地寻找将其重新连接起来的纽带这种独特的心态，那么这个回答更像是荒谬的第一个标志。

生活的舞台是会坍塌的。起床、乘电车、在办公室或工厂工作四个小时、吃饭、乘电车、工作四个小时、吃饭、睡觉，周一、周二、周三、周四、周五和周六都是同样的节奏，人们大多数时候都可以沿着这条轨迹轻松地前行。只是有一天，心头突然冒出"为什么"这个疑问，于是一切都在半惊愕半厌倦中开始了。"开始"，这很重要。厌倦缘于日复一日的机械化行为，但它同时开启了意识的运作。厌倦唤醒了意识，引发了后续行动。所谓的后续行动，要么是毫无意识地回归链条，要么是彻底的觉醒。觉醒之后，随着时间的推移，结果随之而来：自杀，或者恢复原来的生活。厌倦本身就有一种令人作呕感。但在此，我必须要说，这种感觉有益处。因为一切都始于意识，只有通过意识，一切才有意义。上述观点并无稀奇之处，但它们是不言自明的：这对我们粗略地认识荒谬的起源来说已经足够。单纯的焦虑便是一切的根源。

同样的，在平淡无光的日子里，时间承载着我们。但我们也总有必须承受时间的时刻。我们为未来而活："明天""以后""等你有了社会地位"等你长大了就会明白"。这些随意的措辞还是值得称道的，因为未来毕竟和死亡相关。然而，突然有一天，某人发现自己已经三十岁了。他确认自己青春尚在。但与此同时，他又将自己置于时间的洪流之中，从中占有一席之地。他意识到自己正处于某条必须走完的曲线上的某个点。他属于时间，在攫住自己的恐惧中，他认出时间是他最大的敌人。明天，当他理应拒绝明天的时候，他却渴望着明天。这种肉体的反抗，就是荒谬 ①。

①但不是字面意义上的荒谬。此处不是在定义荒谬，而是在列举可能包含荒谬的感受。即使把它们都列举出来，也不可能穷尽荒谬。——原注

再往下走，陌生感悄然而至：意识到这世界"晦涩难明"，瞥见一块对我们来说古怪至极、无力撼动的石头，感知到强烈地否定我们的自然与风景。在所有美景的深处，都蕴藏着某种非人性之物，这些山丘、柔和的天空、树木的剪影，转瞬间便失去了我们曾赋予它们的虚幻意义，从此变得比失乐园更加遥不可及。跨越千年，世界最原始的敌意又向我们袭来。我们登时不再理解这个世界，因为几个世纪以来，我们都是通过为它事先设计好的形象来理解它，但从今以后，我们都无法再玩这种把戏了。我们不再理解这个世界，因为它又变回了它自己。被习惯所掩盖的布景又恢复了它的本来面目，并与我们保持距离。就像有些时候，我们望着熟悉的面孔，会发觉眼前这个几个月或几年前就爱过的女人如同陌生人，我们甚至还会渴望某种令我们孑然一身之物。但现在谈论这些还为时尚早。眼下只能确定一件事情：这种对世界的费解和陌生感，就是荒谬。

人也会产生非人性之物。在某些头脑清醒的时刻，他们做出机械化的手势，表演着毫无意义的哑剧，使得周遭的一切都显得愚蠢可笑。一个人在玻璃电话亭里打电话，我们听不到他在说什么，却能看到他在对着空气比画：我们不禁要问，他活着的意义是什么。这种面对人本身的非人性所感受到的不安，这种面对我们自身的形象所产生的无法估量的落差，如同当今某位作家所说的"恶心"[①]的感觉，也是荒谬。同样的，当我们看到镜中的自己，会有几秒钟觉得那是位陌生人，看到照片中的自己，会觉得那是我们再熟悉不过但又令人不安的兄弟，这也是荒谬。

***

① 此处指的是法国作家让-保罗·萨特和他的小说《恶心》。

最后，我要来谈谈死亡，以及我们对死亡的感受。在这方面，该说的都已经说过了，我们应当避免被悲伤所左右。然而，令人讶异的是，每个活着的人好像都"不了解"死亡。这是因为，在现实当中，没有人拥有死亡的经验。从字面意义上来理解，只有经历过、意识到的东西，才能被称作经验。在此，我们最多只能谈论他人的死亡经验。那是种替代品，是种想象，从未真正令人信服。这种略带忧伤的死亡契约毫无说服力。恐怖实际上来自死亡的数学层面。时间之所以令人惧怕，是因为它呈现的问题在前，而解决的方案在后。所有关于灵魂的美妙论述，至少暂时都会在这里得到相反的证明。灵魂早已从这具了无生气、连巴掌都拍不醒的肉体中消失得无影无踪。人生这场冒险的根本和最终面目，就构成了荒谬感的内容。在难逃一死的命运光影下，无意义感应运而生。

面对决定我们生存境况的残酷数学，任何道德、任何努力都没有先验的合理性。

再次强调，所有这些都已被反复讨论过。在此，我只是进行快速的分类，并且指出显而易见的主题。这些主题贯穿所有文学和哲学，也是日常生活的谈资。这里并不是要重新创造主题，而是有必要厘清这些明显的事实，以便能够对最重要的问题发问。我想再次重申，我感兴趣的并不是荒谬的发现，而是荒谬导致的后果。倘若我们已经确信这些事实，那么我们应该得出怎样的结论？直到何时才能不回避问题？究竟是自愿去死，还是无论如何怀抱着希望？我们有必要先在智识层面上进行快速的确认。

精神迈出的第一步，便是区分真假。然而，当思想开始反思时，首先发现的便是矛盾。我无须在此多费口舌。几个世纪以来，没有人比亚里士多德的论证更加清晰优雅："这些观点经常沦为笑柄，因为观点本身就否定了观点。倘若我们断言一切为真，那么也就肯定相反的断言为真，而我们的断言为假（因为相反的断言不允许它为真）。倘若我们断言一切为假，那么连这个断言本身也为假。倘若我们宣称只有与我们相反的断言为假，或者只有我们的断言非假，那么我们就不得不承认有无数个真假判断。因为断言某事为真之人又同时宣布该断言为真，如此循环往复，没有尽头。"

这只不过是第一个恶性循环，它让自我求索的精神迷失在令人头晕目眩的旋涡之中。这些悖论再简单不过，以至于无法再简化。无论是文字游戏还是逻辑杂耍，要理解它们，首先要统一。精神的深层渴望，即使是在最复杂的运作方式中，也能连接人在面对世界时产生的无意识感觉：它渴求熟悉感和明晰感。对人而言，理解世界，就是将世界类人化，在上面打上人的烙印。猫的世界不是蝼蚁的世界。"一切思想都是拟人化的"，这句老生常谈正是这个意思。同样的，精神旨在理解现实时，只有将其转化为思想术语，才能得到满足。如果人认识到世界和他一样，既会爱人，也会受苦，那么他就会与世界达成和解。如果思想在变幻莫测的现象万花筒中，发现了能够总结这些现象并将其归纳为单一原则的恒常关系，那么我们便可言及精神的幸福，而至福者①的神话不过是可笑的模仿。这种对统一的渴望，这种对绝对的渴求，呈现出人类悲剧的根本动力。这种渴望是事实，但并不意味着必须即刻满足它。因为，倘若我们跨越了欲

---

① 在古希腊神话中，至福乐土是有德行之人死后依然可以保有幸福的地方。

望与征服之间的鸿沟，像巴门尼德①一样肯定"一"（无论它所指为何）的存在，我们就会陷入可笑的矛盾之中：精神主张完全的统一性，但又通过该主张本身，证明了自身的差异性及其声称要解决的多样性的存在。这是另一种恶性循环，足以扼杀我们的希望。

上述仍是显而易见的事实。我再次重申，我们感兴趣的并非事实本身，而是从事实推导出的结论。我还知道另一个显而易见的事实：人终有一死。然而，从该事实得出极端结论的大有人在。在本文中，我们必须时刻考虑到自以为知道的知识和真正知道的知识之间的差距，以及实际的赞同和假装的无知之间的偏差，佯装无知能够让我们怀着某些想法活下去，假若真的去践行这些想法，恐怕我们的一生都会因此颠

①古希腊哲学家，他认为世间的一切变化都是幻象，整个宇宙只有一个永恒不变的东西，那就是"一"。

覆。面对精神这盘根错节的矛盾，我们更要牢牢把握住创作者与创作物之间的割裂性。只要精神在它所希望的静止世界中保持沉默，一切都会在对它的一致渴求中得到反映和安排。然而，只要精神迈出第一步，这个世界便会分崩离析：无数闪闪发光的碎片向知识敞开怀抱。我们必然感到绝望，重建世界那熟悉、安宁、能带给我们内心平静的面容是不可能的。经过这么多个世纪的研究，目睹这么多位思想家的放弃，我们清楚地知道，所有的认知皆是如此。如今，除了专业的理性主义者之外，我们对真正的认知已不抱希望。倘若只撰写一部有意义的人类思想史，那必然是关于思想的持续懊悔和无能为力的历史。

我究竟可以对什么人或什么事物说"我知道"呢！我能感受到心脏的跳动，因而我判断它是存在的。我可以触摸到这个世界，因而我判断它是存在的。我所有的知识就到此为止，其余的均是建构出来的。因为如果试图去把握这个我确定存在的我，如果试图去界定它、概述它，那它只会成为从我指缝间滑落的水滴。我可以逐张勾勒出它所能呈现的所有面孔，以及其他人赋予它的面孔，教育、出身、热情或沉默、高尚或卑鄙。但是我们不能把这些面孔叠加起来。我的这颗心是永远无法定义的。我对自己存在的确定性，与我试图用来证明它的内容之间的鸿沟，是永远无法填平的。漫漫一生，我都对自己感到陌生。在心理学和逻辑学中，到处都是事实，唯独没有真理。苏格拉底所说的"认识你自己"与告解室里镌刻的"要有美德"拥有同等的价值，两者都表现出渴求和无知。以上都是谈及人生重要议题的乏味游戏，正因为彼此之间是相似的，所以它们才是合理的。

　　我见识过树皮的粗糙，我品尝过水的味道。青草地的芬芳和暗夜的星辰，以及某些让人心旷神怡的夜晚，我感受到世界的力量，我又怎能否认它呢？不过，世界上的所有知识都无法向我保证，这个世界是属于我的。你向我描述这个世界，教我如何将它分类。你列举它的规律，而我求知若渴地承认它们都确凿无疑。你拆解它的运作机制，而我的希望与日俱增。最后，你告诉我，这个声名显赫、绚丽多彩的宇宙由原子组成，而原子还可以分解为电子。这一切都说得通，我等你继续讲下去。但你告诉我，在一个看不见的行星系统中，电子围绕着原子核旋转。你用图像向我解释这个世界。这时我才明白，你将世界幻化成诗，而我再也无法了解。我还有时间感到愤慨吗？你早已改换理论。于是，本该教会我一切的科学最终沦为假说，明晰沉入隐喻，不确定性交由艺术作品。我还需要付出那么多的努力吗？山丘柔和的线条，夜晚抚慰躁动之心的手，反倒教会了我更多。我又回到了起点。我明白，虽然我能用知识来捕捉和列举种种现象，但我仍然无法理解世界。虽然我能用手指勾勒出整个世界的轮廓，但我也无法了解更多。究竟是确定无疑但无物可教的描述，还是毫不确定但有物可教的假设，你让我在两者之间做出选择。我对自己和这个世界都感到陌生，所能仰仗的只是一种一经断言便会自我否定的思想，我只能通过拒绝认知、拒绝生活来获得内心的平静，这是种怎样的境况？征服的欲望撞上反抗的高墙，这又是怎样的境况？拥有意志，就会挑起矛盾。一切的井然有序，都是为了从轻率的思虑、沉睡的心灵或致命的放弃中获得遭受毒害的安宁。

　　智识也以它的方式告诉我，这个世界是荒谬的。智识的反面是盲目的理性，尽管它声称一切都清晰可辨，但我还在等它拿出证据来，希望它说的是真的。然而，经历过那么多自命不凡的世纪，见证过那么多能言善辩者，我知道它说的是假的。如果我不知道，则无幸福可言。这种普遍的理性——不论是实际层面上的还是精神层面上的，这种决定论，以及这些能解释一切的范畴，无一不使老实人哑然失笑。它们与精神无关。它们否定的是精神环环相扣的深层真理。在这个难以理解的有限宇宙中，人的命运从此有了意义。一群非理性之人挺身而出，将它围堵至生命的尽头。借助于重新恢复的、日渐协调的洞察力，荒谬感愈发清晰明确。我之前说这个世界是荒谬的，是我太过草率了。我们只能说，这个世界本身是不合理的。而所谓的荒谬，正是这种不合理与回荡在人类内心深处的对明晰的强烈渴望之间的对抗。荒谬既取决于人，也取决于世界。眼下，荒谬是人与世界的唯一纽带，它将二者牢牢捆住，如同单凭仇恨就能将世人绑缚在一起。这就是我在这个无边无际的宇宙中所能辨明之事，而我的冒险还在继续。让我们在此稍作停留。假如我确信荒谬支配着我与生活之间的关系，假如我深信在面对世界图景时向我袭来的情感，以及探索某门知识时所必需的洞察力，那我就必须为这些确定性牺牲一切，我必须正视它们，以便能维持它们。最重要的是，我必须根据这些确定性来规范自己的行为，并且不论它们带来怎样的后果，我都必须追随下去。我在这里谈的是对自我的坦诚。但我首先想知道，思想能否在那样的荒漠中存活。

我知道，思想已经踏足了那些荒漠。在那里，它找到了自己的食粮；在那里，它明白自己此前一直以幻影为食。它为人类思考最迫切的几个议题提供了理由。

自从承认荒谬存在的那一刻起，它就变成了一种激情，而且是最撕扯人心的激情。要知道我们能否与激情共存，能否接受其深刻的法则，即让心灵备受煎熬的同时又激起精神的亢奋，这才是问题的关键。不过，我们现在要谈的并不是这个，这个问题是探讨的核心，我们稍后再来谈它。我们首先要认识到诞生于荒漠中的议题和冲动，只消把它们列出来就足够了。其实，它们如今已经尽人皆知了。一直以来都有人捍卫非理性的权利。所谓的被贬低的思想传统从未中断过。针对理性主义的批判已经数不胜数，我就没必要多此一举了。然而，在我们这个时代，那些无法自圆其说的思想体系却再度死灰复燃，它们试图使理性蹒跚而行，仿佛理性果真一往无前。但这与其说是理性的有效性，毋宁说是理性所带来的蓬勃生机。从历史角度来看，这两种态度的僵持不下，说明了人的根本激情所在：在对一致性的渴求与清楚地看到围困自己的高墙之间进退两难。

　　但在我们这个时代，对理性的攻击或许也从未如此猛烈。查拉图斯特拉 [1] 曾大声疾呼："偶然是世界上最古老的贵族。当我说没有永恒的意志作用于万物之上时，我就把偶然还给了万物。"克尔凯郭尔 [2] 谈及致死的疾病时说："这恶疾通向死亡，死亡之后，再无其他。"自此，荒谬思想中那些意义重大且折磨人心的议题便接踵而至，或者至少是那些涉及非理性和宗教思想的议题——这点细微的差别至关重要。从雅斯贝尔斯到海德格尔 [3]，从克尔凯郭尔到舍斯托夫 [4]，从现象学家到舍勒 [5]，在逻辑和道德层面上，这一整个因共同的苦楚而彼此靠近，但又因方法或目标

---

[1] 德国哲学家尼采的著作《查拉图斯特拉如是说》中的人物。
[2] 丹麦神学家、哲学家，被视为存在主义的创立者，他认为"绝望是致死的疾病"。
[3] 德国哲学家，对现象学、存在主义、结构主义、诠释学、后现代主义影响颇深，著有《存在与时间》。
[4] 俄罗斯存在主义哲学家。
[5] 德国哲学家、社会学家。

而分道扬镳的思想家族，都拼命地阻挠理性的康庄大道，并努力找回通往真理的正道。我在这里姑且假设各位都已经了解并经历过这些思想。无论他们现在或曾经的野心为何，所有人的出发点都是这个充满矛盾、对立、痛苦，既束手无策又难以描述的宇宙。他们之间的共同点，恰恰是我们迄今为止已经发现的议题。对他们来说，最重要的仍是能够从这些发现中得出的结论。这一点尤为重要，因此必须单独检视这些结论。但眼下，我们仅检视了他们的发现和最初的经验，仅从中找出一致性；虽然试图论述他们各自的哲学显得太过自以为是，但传达他们共同的哲学氛围倒是未尝不可，并且对我们来说也已足够。

海德格尔冷静地思考人的境况，并宣称人的存在受到了侮辱。唯一的真实，就是所有生命层面上的"焦虑"。对于迷失在世界和消遣当中之人来说，这种焦虑是一种转瞬即逝、难以捉摸的恐惧。但倘若这种恐惧有了自我意识，它就会变成痛苦，亦即清醒之人所感受到的"存在体现于痛苦之中"的永恒氛围。这位哲学教授用世界上最抽象的语言不动声色地写道："人类存在的有限性和局限性，比人类本身更重要。"他对康德感兴趣，但只是为了确认其"纯粹理性"的狭隘性。他分析总结道："世界再也无法为痛苦之人提供更多东西。"在他看来，这种焦虑远超出推理的范畴，以至于他只能思考、谈论它。他列举出焦虑的面貌：当普通人试图去抚平和排解焦虑时会感到倦怠；当精神思考死亡时会感到恐惧。他从未将意识与荒谬分开。对死亡的意识，是焦虑的呼唤，而"存在通过意识，发出自己的呼唤"。死亡就是痛苦发出的声音，它恳求存在"不要迷失在芸芸众生间，要回归自我"。对海德格尔来说，人不该沉睡，理应保持清醒，直至生命消耗殆尽。他身处荒谬的世界，控诉着它注定消亡的本质。他从一片废墟当中寻找着出路。

雅斯贝尔斯对所有的本体论都感到绝望，因为他断言我们已经丧失"天真"。他知道我们无法超越表象的致命游戏。他知道精神最终会以失败收场。他徘徊在历史留给我们的精神探险中，无情地揭露每个思想体系的缺陷，想拯救一切的幻觉和毫无遮掩的说教。面对这个满目疮痍的世界，认知已被证实是不可能之事，虚无似乎是唯一的真实，无药可救的绝望似乎是唯一的态度，他试图找到那根通往神圣奥秘的阿里阿德涅[①]之线。

舍斯托夫则在其令人钦佩但枯燥乏味的作品中，步履坚定地迈向同样的事实，孜孜不倦地证明，即使

---

① 古希腊神话人物，克里特国王之女。她给了自己的心上人忒修斯一个线团，帮助他走出半人半牛的怪物弥诺陶洛斯居住的迷宫。

是最严谨的思想体系、最普遍的理性主义，最终都会受到人类非理性思想的抵触。任何贬斥理性的讽刺事实和细微矛盾，都逃不过他的口诛笔伐。他只对一件事情感兴趣，那就是例外，无论是情感史还是精神史上的例外。他借由陀思妥耶夫斯基式的死囚体验、尼采式精神的癫狂冒险、哈姆雷特式的咒骂，抑或易卜生式的苦涩贵族气质，探索、揭示并颂扬人类在面对无法挽回的局面时所表现出的反抗。他拒绝理性的论证，只有在这片所有确定性都变成石头的无色荒漠中，他才带着某种决心迈开自己的步伐。

克尔凯郭尔或许是这些哲学家当中最引人瞩目的那位，因为至少在他部分的生命当中，他不仅发现了荒谬，而且还活在荒谬当中。他写道："最稳妥的缄默并非沉默不语，而是开口说话。"他从一开始就坚信没有绝对的真理，也没有任何真理能让本身就不成立的存在变得令人满意。作为知识界的唐璜，他笔名繁多，写出的自相矛盾的作品不胜枚举，在笔耕《训导书》的同时，他还撰写了那部玩世不恭的唯心论小说《诱惑者日记》。他拒绝任何能给心灵带来安宁的慰藉、道德和原则。他小心翼翼地照看好心中的这根刺，不让它带来的疼痛消退。恰恰相反，他唤醒它，怀着甘愿被钉在十字架上的那种绝望式的喜悦，逐步构建出清醒、拒绝、伪装——那被魔鬼附身者的形象。这张既温柔又嘲讽的脸，这些伴随着灵魂深处的呐喊而回旋的舞步，正是荒谬精神本身与超越它的现实之间的搏斗。克尔凯郭尔的精神冒险带领他走向自己所钟爱的丑闻——这场冒险同样始于撤去生活的布景、回到最初矛盾状态的混乱体验。

在一个全然不同的层面，即方法层面上，胡塞

尔 ① 和现象学家们通过大胆夸张的方式，重塑了世界的多样性，并且否定了理性具有超越一切的能力。精神世界因他们而变得无比富饶。玫瑰花瓣、里程碑或人类的手，与爱、欲望或万有引力定律拥有同等重要的地位。思考，不再是围绕某个重大原则，将表象变得统一或熟悉。思考，是重新学习如何观看，如何留意，以普鲁斯特的方式引导自己的意识，将每个想法、每个图像都变成值得关注的点。然而讽刺的是，一切都变成了重点。思想的正当性，就在于其极端的意识性。尽管胡塞尔的方法比克尔凯郭尔或舍斯托夫的方法更为积极，但他从根本上否定了古典的理性方法，使希望落空，让直觉和心灵接触到层出不穷的现象，其中就包含非人性之物。这些路径可以通往所有

---

① 德国哲学家，现象学的创立者。

科学领域，抑或是哪个领域都到达不了。在他这里，方法远比目的重要。重在"一种认知的态度"，而不是一种安慰。再次强调，至少最初是这样的。

我们怎能感受不到这些思想家之间的密切关联呢？我们怎能看不到他们围聚在某个关键、苦涩、希望无处立足之地呢？我想要一切都解释清楚，否则就什么都不要。面对这声发自肺腑的呐喊，理性无可奈何。被这诉求所唤醒的精神遍寻四周，却只能找到矛盾和谬论。我所不能理解的，就是没有理由的。世界充斥着非理性。这个我不理解其独特意义的世界本身，就是一种巨大的非理性。只要能说出"这一点再清楚不过了"，一切就都得救了。然而这些思想家一再宣称，没有什么是清楚的，一切都是混乱的，人所保留的只是洞察力，以及对四周围堵着高墙的准确认知。

所有这些经验都彼此契合、相互印证。当精神探到边界时，就必须做出判断，选择结论。摆在那里的是自杀和答案。不过，我想把探索的顺序颠倒过来，先从智识上的冒险出发，再回到日常的行为当中来。这里提到的探索经验，既诞生于荒漠，也离不开荒漠。至少我们应当知道，这些经验最终会抵达何处。经过这一番努力，人会发现非理性出现在眼前，内心不由得升起对幸福和理性的渴求。荒谬就产生于人的诉求与世界无理的沉默之间的对抗。必须牢记这一点，因为生命的所有结果都有可能肇始于此。非理性、人的渴求，以及二者相遇时所产生的荒谬，正是这出戏的三个角色，而这出戏必然以使存在成为可能的全部逻辑作为结尾。

哲学性自杀

　　荒谬的感觉并不等同于荒谬的概念。前者奠定了后者，仅此而已。荒谬的感觉并不能概括为荒谬的概念，除了对世界作出评判的短暂瞬间。荒谬的感觉还能走得更远。它是鲜活的，换句话说，它要么必然死去，要么引起更大的反响。我们所汇集的议题亦是如此。但在此，我感兴趣的，仍然不是作品或思想家本身——对他们的评论需要换种形式、另开篇幅，而是发现他们结论中的共同点。或许，思想家们之间的分歧从未如此之大。但是，我们可以看出，他们所处的精神世界却是相同的。同样的，尽管研究领域如此迥异，他们抵达旅程终点时所发出的呐喊却是相同的。显然，方才我们提到的那些思想家周围都氤氲着某种共同的氛围。说这种氛围是致命的，并非玩弄辞藻。生活在这片令人窒息的天空下，人只能选择离开，或者留下。问题要弄清楚，前者是如何离开的，后者又为何留下。这就是我对自杀问题的定义，亦是对存在主义哲学结论的兴趣所在。

我想先暂时偏离正题。直到目前为止，我们都是从外部来界定荒谬的范围。然而，我们可能想知道，荒谬这个概念究竟涵盖了哪些明确的内容，并且尝试通过直接的分析，一方面找出它的意义，另一方面发现它所带来的后果。

假如我指控一个无辜之人犯下滔天罪行，假如我跟一位贤德之人说他觊觎自己的亲姐妹，他会回答我，这太荒谬了。这种愤慨有其可笑的一面，但也有深层的原因。这位贤德之人的回答表明了我归咎于他的行为与他毕生的行事准则之间存在着明确对立。"这太荒谬了"的意思是"这是不可能的"，同时也意味着"这是相互矛盾的"。假如我看到一个人用刀刺向荷枪实弹的队伍，我会判断他的行为是荒谬的。但之所以荒谬，是因为他的意图与等待他的现实之间存在着偏差，也因为他的实际力量与他为自己设定的目标之间存在着冲突。同样的，当某个判决与事实明显要求做出的判决不相符时，我们会认为这个判决是荒谬的。同样的，我们可以通过荒谬推理出的结果与人们想要建立的、合乎逻辑的现实之间的对比来证明荒谬。在所有这些情况中——从最简单的到最复杂的，随着我比较的内容之间的差距越来越大，荒谬性也会越来越强。有荒谬的婚姻、荒谬的挑战、荒谬的仇恨、荒谬的沉默、荒谬的战争，还有荒谬的和平。对其中任何一个来说，荒谬都来源于比较。因此，我有理由断言，荒谬的感觉并非来自对某个事实或印象的简单审视，而是迸发自某个状况与某种现实、某个行动与超越它的世界之间的比较。荒谬本质上是一种割裂，它不存在于被比较双方中的任何一方，它产生于两者的对抗。

因此，在智识的层面，我可以这样说：荒谬既不存在于人（如果这样的比喻有意义的话），也不存在于世界，而是存在于两者共存之时；目前，它是两者之间唯一的纽带。倘若我停留在显而易见的事实层面，我可以说，我知道人想要什么，我也知道世界为人提供了什么；现在我还可以说，我知道是什么将两者联系在一起。我没必要向下深挖了。对于探索者而言，这一确定性便已足够。他只需从中推导出所有的结果。

　　直接得出的结果也是一种方法准则。以这种方式所揭示的这奇特的三位一体，并不是突然发现的新大陆，它和过往的经验有着共通之处，那就是它既非常简单，又极为复杂。从这方面来看，它的首要特征就是不可分割。摧毁其中任何一方，就是摧毁全部。荒谬不可能存在于人类精神之外。因此，荒谬最终会像世间万物一样消亡。但荒谬也不可能存在于这个世界之外。正是根据这一基本准则，我判断荒谬的概念至关重要，它可以作为我认知的第一个事实。上面提到的方法准则出现于此。假如我判断某事为真，我就必须保留它。假如我试图解决某一问题，我至少要确保不会因为解决方案而抹除问题中的某个条件。对我来说，唯一的已知数就是荒谬。问题在于如何摆脱荒谬，以及能否从荒谬中推导出自杀。我进行探索的首要条件，其实也是唯一的条件，就是保留那些压垮我的东西，进而尊重我认为在其中发挥关键作用的东西。我刚才已将其定义为一种对抗、一场无休无止的斗争。

将这种荒谬的逻辑推演到底时，我必须承认，这场斗争毫无希望可言（这与绝望不是一回事），它意味着持续不断的拒绝（不应与放弃混为一谈）和有意识的不满（不能与年轻时的焦虑相提并论）。任何破坏、回避或消除这些要求的行为（首先是摧毁割裂的认同），都会毁灭荒谬，贬低可能由此提出的态度。荒谬只有在不被认同的情况下才有意义。

世间存在着一个似乎完全合乎道德之明显事实，那就是人总是其真理的猎物。一旦认定了某些真理，人就无法摆脱它们，必然要付出一点代价。人一旦意识到荒谬，将永远受制于它。一个丧失希望并且意识到这一点的人，已不再属于未来。这是自然而然的事情。但他努力想逃离自己所创造的宇宙，这也是自然而然的事情。只有考虑到这一矛盾，前文所述才有意义。就此而言，现在最具启发意义的，莫过于检视人如何从对理性主义的批判出发，认识到荒谬的氛围，进而探索出各自的结果。

然而，假如我坚持只谈存在主义哲学，我会发现它们无一例外地都建议我回避。它们通过某种奇特的推理，从理性废墟之上的荒谬出发，在一个仅限于人类的封闭宇宙中，将压垮它们的东西神化，并从洗劫它们的东西中找到某种怀揣希望的理由。这种勉强的希望对它们来说都具有宗教性质。因此，值得我们深入思考一番。

在此，我仅举例分析舍斯托夫和克尔凯郭尔提出的几个特殊议题。不过，雅斯贝尔斯首先为我们提供了这种态度的典型，甚至可以说是以极为夸张的方式。

这样一来，其余两人的态度就变得清晰多了。雅斯贝尔斯既无法实现超越，也无法探测经验的深度，他意识到这是个因失败而混乱的宇宙。他会取得什么进展，又或者，至少从这次失败中得出什么结论吗？他并没有带来任何新的东西。除了承认自己的无能之外，他在经验中一无所获，也没有推断出任何令人满意的原则。然而，在毫无理由的情况下，他一股脑儿地肯定了超越、经验的存在和生命的超人意义。他写道："在任何可能的解释和解读之外，失败所展现的并非虚无，而是超越性的存在。"借由人类盲目的自信行为，他将这种突然能够解释一切的存在定义为"普遍性与特殊性的不可思议的统一"。于是，荒谬变成了上帝（最广泛意义上的上帝），而理解上的无能为力变成了照亮一切的存在。上述推理无甚逻辑可言。我可以称之为跳跃。但讽刺的是，我们能够理解雅斯贝尔斯为何坚持不懈地、极具耐心地使超越的经验无法实现。因为超越和经验愈相似，对超越的定义就愈空洞，超越对他来说就愈真实，还因为他在肯定超越时所投入的热情，恰好与他的解释能力和世界、经验的非理性之间的差距成正比。由此看来，雅斯贝尔斯愈激进地解释世界，就意味着他亦愈不遗余力地摧毁着理性的成见。这位被贬低的思想门徒，将在极端的屈辱中找到能使存在彻底重生之手段。

神秘思想使我们对上述做法并不陌生。它们与任何精神态度一样合理。但眼下，我是在严肃地看待某个问题。先不预判这种态度的普遍价值及其教化能力，我只想考虑它是否满足我所设定的条件，是否符合我所关心的冲突问题。所以，我要再次谈谈舍斯托夫。某位评论家曾引述舍斯托夫的一段值得注意的话，他写道："唯一真正的出路，恰恰是在人类判断没有出路之地。不然的话，我们为何还需要上帝？我们求助于上帝，只是为了获得不可能的东西。至于可能的东西，人类靠自身就能获得。"假如真的存在舍斯托夫式的哲学，那我认为，上述这段话已概括其精髓。因为舍斯托夫在激情澎湃地分析一番后，发现了存在的荒谬本质，他并没有说"这就是荒谬"，而是说"这就是上帝——我们应该信赖祂，即使祂不适用于我们的理性范畴"。为了避免混淆，这位俄罗斯哲学家甚至暗示，这位上帝或许满怀仇恨、面目可憎、不可理喻且自相矛盾；但祂的面目愈狰狞，祂就愈能宣示自己的权力。祂的伟大之处，就在于祂的不合逻辑；祂的证据，就是祂的非人性。我们必须跃入祂的怀抱，并借由这一跳，将我们从理性的幻想当中解救出来。因此，对舍斯托夫而言，接受荒谬与荒谬本身是同步发生的。目睹荒谬，就是接受荒谬，他的思想所做出的一切符合逻辑的努力，都是为了揭示荒谬，以便迸发出荒谬所蕴含的巨大希望。再次重申，这种态度是合理的。但我在这里只坚持考虑一个问题及其产生的所有后果。我不必审视某种思想或信仰的痛楚，毕竟，在有生之年，我都可以来做这件事。我知道舍斯托夫的态度令理性主义者大为光火，但我也知道舍斯托夫反对理性主义者是对的；我只想知道，他是否仍忠于荒谬的诫命。

然而，如果承认荒谬是希望的对立面，那么就可以看出，舍斯托夫的存在主义思想以荒谬为前提，但他证明荒谬的存在只是为了解决荒谬。这种微妙的思想是杂要家的可悲把戏。此外，当舍斯托夫将荒谬与现行道德、理性对立起来时，他又将其称为真理和救赎。因此，从他对荒谬的定义来看，舍斯托夫基本上是认同荒谬的。如果我们认识到荒谬的全部力量在于它和我们的基本希望相抵触，如果我们觉察到荒谬只有在我们不认同它的情况下才能继续存在，那么我们便清楚地看到，荒谬已经失去了它的真面目、它的人性与相对性，进入了某种既不可理解却又令人满意的永恒。假若荒谬存在的话，它便存在于人的宇宙中。一旦荒谬的概念转化为永恒的跳板，它就与人类清醒的认识无关了。荒谬不再是人们认识到但不认同的显见之理了，斗争被避免了，人与荒谬融为一体。在这种交融中，荒谬的本质特征——对抗、撕扯和割裂消失了。这种跳跃是一种逃避。舍斯托夫喜欢援引哈姆雷特的台词"The time is out of joint（时间脱节了）"，他怀着某种特有的强烈希望写下这句话。因为这既不是哈姆雷特的立场，亦不是莎士比亚写作的初衷。非理性的迷醉和狂喜的召唤，使清醒的头脑背离了荒谬。对舍斯托夫来说，理性是空洞的，但理性之外还有某种东西。对荒谬的精神来说，理性是空洞的，理性之外则无他物。

这一跳跃至少可以让我们更好地了解荒谬的本质。我们知道，荒谬仅适用于某种平衡状态，它首先存在于比较之中，而非比较的任何一方。但舍斯托夫偏偏让其中一方承受了所有重量，从而破坏了平衡。只有在我们能够理解和解释许多事物的前提下，我们对理解的渴求、对绝对的怀念才情有可原。全盘否定理性无甚意义。理性自有其效用范围，那就是人类的经验。因此，我们要把一切都弄清楚。假如我们无法弄清楚，假如荒谬诞生于此刻，那恰巧是在有效但有限的理性与不断重生的非理性的交锋时刻。然而，当舍斯托夫站出来反对黑格尔①的命题，诸如"太阳系的运动符合永恒不变的规律，而这些规律就是它的理性"时，当他倾注所有的

————————

① 德国哲学家，唯心论的代表人物，对存在主义、历史唯物主义和历史虚无主义都产生了深远的影响。

热情去解构斯宾诺莎①的理性主义时，他得出的结论恰是一切理性的空洞与虚无，从而自然而然地、不合情理地将非理性带回到至高无上的地位。但这一过渡并不明显。因为此处可能涉及限度和层面的概念。自然法则在一定限度内是有效的，一旦超过这个限度，它们就会自相矛盾，产生荒谬。或者，它们可能在描述层面上是成立的，但在解释层面上则不然。在此，一切都成为非理性的牺牲品，对清晰的要求被一笔带过，荒谬亦随着比较一方的消失而遁形。与此相反，荒谬之人则没有采取相同的做法。他承认斗争，并不完全蔑视理性，同时也接受非理性；他检视所有的经验，不愿在弄清一切之前就进行跳跃。此刻，他唯一清楚的是，在这种专注的意识中，希望再也无容身之所了。

---

① 荷兰哲学家，理性主义的先驱，其哲学研究几乎涵盖所有领域。

我们在列夫·舍斯托夫的论述中感受到的，可能在克尔凯郭尔的著作里更为明显。诚然，想从这样一位难以捉摸的作者笔下找出明确的主张实属不易。尽管他的作品看似对立，但在众多的笔名、文字游戏和嬉笑怒骂背后，我们始终感觉他的作品仿佛在预感（同时也在担忧）某个事实，这一事实在他的最后几部作品中展露无遗：克尔凯郭尔也进行了跳跃。他童年时曾如此惧怕基督教，但他最终又回过头去面对那张冷峻的面孔。对他来说，矛盾和悖论已成为信徒的准则——那些曾让他对生命的意义和深度感到绝望之物，如今却带给他真实和明晰。基督教是丑闻，克尔凯郭尔所需要的，只是依纳爵·罗耀拉 ① 所要求的第三

①西班牙天主教神父，耶稣会创始人，文中提到的"牺牲"是指耶稣会会士必须遵从"清贫、守贞、服从"三条戒律，而"智识的牺牲"是指要服从上帝。

种牺牲，即上帝最喜闻乐见的"智识的牺牲"。[①] 这种跳跃产生的效果极为怪异，但我们不应对此感到惊讶。他将荒谬变成另一个世界的标准，而荒谬只不过是这个世界经验的残余。诚如克尔凯郭尔所写："信仰者在他的失败中，找到了属于自己的胜利。"

　　我无须深究这种态度牵涉着怎样激动人心的布道。我只须思考，荒谬的景象和特性是否能为其正名。在这一点上，我很清楚，答案是不能。如果我们重新审视荒谬的内容，就能更好地理解启发克尔凯郭尔的方法。他无法在世界的非理性与反抗荒谬的苦楚之间保持平衡。他并没有尊重从严格意义上来讲造就了荒谬感的关系。从严格意义上来讲，正是这种关系造就

---

① 可能有人认为我在此忽略了信仰的根本性问题。但我并不是探讨克尔凯郭尔、舍斯托夫或者将要提到的胡塞尔的哲学（这需要另外的篇幅和思维态度），我是从他们那里借用一个议题，然后检视它的后果是否符合既定的规则。这只是我个人的坚持。——原注

了荒谬感。尽管确信无法摆脱非理性，但他至少想逃避这种对他来说既无裨益又无甚意义的绝望之苦楚。不过，倘若他在这一点上的判断是正确的，那么对这一点的否定则不然。用狂热的认同来取代反抗的呐喊，他就会忽视迄今为止启发他的荒谬，并神化他此后所拥有的唯一的确定性，即非理性。加利亚尼神甫[1]对埃皮奈夫人[2]说，重要的不是痊愈，而是带着病痛生活。克尔凯郭尔想要痊愈。痊愈，是他狂热的愿望，贯穿他的日记始终。他在智识上的一切努力都是为了逃避人类境况之矛盾。当他不时发现自己在做无用功时，这种努力就显得尤为绝望。例如，当他谈及自己时，仿佛对上帝的敬畏和虔诚之心，都无法带给他安宁。

---

[1] 意大利经济学家、作家、哲学家。
[2] 法国作家，她经常在巴黎举办沙龙，接待当时最杰出的文人、哲学家。

正因如此，他借由某种牵强的说辞，赋予非理性以荒谬的外表，赋予上帝以荒谬的属性：不合理、不合逻辑和不可理解；唯有智识才能扼杀人类内心深处的诉求。既然万事皆未得证，那么一切皆可被证。

克尔凯郭尔本人向我们展示了他所走过的道路。我不想在此暗示什么，但面对荒谬默许的戕害，我们怎能读不出其作品中灵魂近乎自愿地接受戕害之征兆呢？这是《克尔凯郭尔日记选》的主题。"我所缺乏的，正是同属于人类命运的动物性……还是给我一具肉体吧。"当然还有："哦！尤其在我年轻的时候，我何尝不想成为一个男人，哪怕是六个月……说到底，我所欠缺的，是一具肉体，以及生存所必需的身体条件。"在其他段落中，这个人却高呼着希望，呼喊声穿越了无数世纪，鼓舞了无数人心，唯独无法触及荒谬的人心。"但对基督徒而言，死亡绝不是一切的终结，它所蕴含的希望远比生命所蕴含的希望要多，即便是充满健康与活力的生命。"经由丑闻达成的和解，仍是和解。正如我们所见，或许这种和解可以让人从希望的对立面，即死亡中汲取希望。不过，即使同情心使人倾向于这种态度，也必须指出，突破限度并不能为合理性正名。这超越了人类的尺度，因此必定是超人之物。此处的"因此"未免多余，因为既无逻辑上的确定性，亦无实证的可能性。我只能说，这确实超出了我的尺度。尽管我无法从中得出否定的结论，但我至少不想在不可理解的根基上立论。我想知道自己能否凭借、并且仅凭所知生活。有人告诉我，智识必须牺牲傲慢，理性必须俯首称臣。不过，即使我承认理性有其局限性，我也不会因此否定它，甚至还会承认它的相对力量。我只想站在道路中央，保持清醒的智识。假使这就是智识的傲慢，那我认为无甚理由放弃它。克尔凯郭尔的观点极为深刻，例如，他认为绝望不是一个事实，而是一种状态，即罪恶的状态。因为罪恶就是远离上帝。荒谬是意识清醒之人的形而上状态，它不会通往上帝[①]。容我斗胆妄言，或许能让这个概念更为清晰：荒谬是没有上帝的罪恶。

　　问题的关键在于如何生活在荒谬之中。我知道荒谬建立在何种基础之上——精神与世界相背而无法相拥。我询问这种状态下的生活法则，得到的建议却是忽视其基础，否定痛苦对立的一方，并做出某种让步。我询问我认定属于我的这种状态会引发怎样的后果，后来得知是黑暗与无知。旁人向我保证，这种无知可以解释一切，这种黑暗就是我的光明。但他们答非所问，这振奋人心的抒情语句也并未掩盖矛盾。于是，

[①] 我没有说"排除上帝"，如果这样说的话，就会肯定上帝的存在。——原注

我必须转身离去。克尔凯郭尔大声呼喊、警示世人：

"倘若人没有永恒的意识，倘若在万物深处只有一股狂野激荡的力量，在晦暗的热情风暴中制造着或伟大或无用的万物，倘若事物背后都潜藏着无法填补的无尽空虚，那么生活若非绝望，还能是什么？"这呐喊并不足以喝退荒谬之人。寻求真实，并不等同于寻求理想。若要逃避"生活究竟是什么？"这一痛苦之问，就必须像驴子般吞下幻想的玫瑰^①，那么，荒谬之人宁愿面不改色地接过克尔凯郭尔的答案——"绝望"，也不向谎言低头。万般思量过后，一个坚定的灵魂总能找到出路。

在此，我斗胆将这种存在的态度称为哲学性自杀。

---

① 出自古罗马作家阿普列尤斯的小说《金驴记》。主人公因误食魔药而变成驴子，历经种种磨难之后，最终吞下埃及女神的玫瑰花环，从而恢复人形。

不过，这并不涉及某种评判，而是便于指代思想否定自身，并借由这种否定超越自身的思维活动。对于存在主义者来说，否定就是他们的上帝。准确地说，这位上帝只有靠否定人的理性才能得以维持①。再明确一遍，此处不是质疑对上帝的肯定，而是推导出这种肯定的逻辑。但就像自杀有多种形式，上帝的面目也会因人而异。尽管跳跃的方式有很多种，但重点在于跳跃这个动作。此种救赎式的否定，此种否定世人尚未跳跃的障碍的终极矛盾，既可能来自某种宗教的启发（这正是此推理所针对的矛盾），也可能来自理性层面；这些否定与矛盾总是期盼着永恒，也正是基于此，它们才进行了跳跃。

必须重申，本文所进行的推理，完全撇开我们这

①需要再次说明，此处所质疑的并非上帝的存在，而是推演出上帝存在的逻辑。——原注

个开明世纪最为盛行的精神态度，即基于万物皆有理性的原则，旨在对世界做出解释的态度。当我们承认世界必须清晰可辨时，自然会对世界形成明确的看法。这种做法合乎情理，但与我们在此进行的推理无关。本文的目的是阐明精神的做法，看它如何从世界无意义的哲学出发，最终为世界找到某种意义和深度。在这些做法当中，最可悲的是宗教性做法，因其体现在非理性的议题中；但最自相矛盾、最具意义的做法，无疑是为本以为没有指导原则的世界提供合理解释的做法。假使我们无法理解这新近获得的怀旧精神，就无法得出我们感兴趣的结果。

在下文中，我将只探讨胡塞尔和现象学家们所推崇的"意向"议题。前文已顺带提及。首先，胡塞尔的方法否定了古典的理性方法。我再重复一遍：思考，不再是围绕某个重大原则，使表象变得统一或熟悉。思考，是重新学习如何观看，是引导自己的意识，将每个图像变成值得关注的点。换句话说，现象学拒绝解释世界，它只想描述经验。现象学最初的主张与荒谬思想不谋而合，即世界上没有真理，只有事实。从晚风到搭在我肩上的那只手，万事万物皆有其事实。意识给予事物关注，从而照亮了事物。意识并不塑造其认知的对象，只是固定它，向其投射注意力；用柏格森的话说，意识就像台投影仪，将焦点定格在某张图像上。不同的是，意识没有场景，只有连续不断、前后不搭的图像。在这盏神奇的走马灯中，所有的图像都是重点。意识将关注的对象悬置在经验中，奇迹般地将它们分离出来，从而使它们超越一切判断之外。"意向"正是意识的表征。但是"意向"这个词并不具有任何目的性，它只代表着"方向"的含义，仅具有地形学上的价值。

乍看之下，现象学的观点似乎没有与荒谬精神相悖之处。这种表面谦逊的思想，仅限于描述它拒绝解释之物；这种自发性的管束，反而衍生出极为丰富的经验，以及从纷繁的经验中重生的世界，以上都是荒谬的做法。至少乍看之下确是如此。因为不管是在这里，还是在别处，思维方式总是有两副面孔，一副是心理的，另一副是形而上的①，由此亦涵盖了两种事实。假使意向性这个议题只试图阐明某种心理态度，即真实可以被穷举，而不能被解释，那它实际上与荒谬精神并无二致。它旨在列举无法超越之物。它只是声称，在缺少任何统一原则的情况下，思想仍然可以自得其乐地描述和理解经验的每副面孔。而对于每副面孔来说，它所涉及的真实都属于心理范畴。这真实仅表明现实所能呈现的"重要性"。这是一种唤醒沉睡

①即使是最严谨的认识论也以形而上学为前提。以至于当时大部分思想家的形而上学只有认识论。——原注

的世界，使其在头脑中活络起来的方式。不过，若想合理地延伸并确立这一真实的概念，若想由此发现每个认知对象的"本质"，则要恢复经验的深度。这对荒谬精神而言是无法理解的。然而，这种从谦逊到确信的摇摆在意向性态度中随处可见，而现象学思想所闪耀的光芒，都更能阐明荒谬的推理。

胡塞尔同样谈到了意向所揭示的"超时间本质"，这让我们联想到柏拉图。不以单物来解释万物，而以万物来解释万物。我看不出有何区别。当然，意识在每次描述之后所"践行"的理念或本质，还不能被视为完美的典型。但可以肯定的是，它们直接体现在感知数据之中。解释一切的不再是单一理念，而是赋予无数对象以意义的无数本质。世界停滞了，但它亦明晰了。柏拉图的实在论变得直观，但它仍然是实在论。克尔凯郭尔沉浸在他的上帝之中；巴门尼德将思想推向唯一之道；胡塞尔的思想则投入某种抽象的多神论，不仅如此，连幻象和虚构也成为"超时间本质"的一部分。在全新的思想世界中，古希腊神话中半人半马的怪物族群与更为谦逊的大主教族群携手共进。

对于荒谬之人来说，世界万般面孔皆重点，这一纯粹的心理学观点既真实又苦涩。一切皆重点，意味着一切皆等量齐观。但这一真实的形而上层面是如此深远，以至于经由某种基本反应，他或许感觉更接近柏拉图了。事实上，世人教导他，每张面孔都以同等重要的本质为前提。在这个不分等级的理想世界中，正规军一概由将军组成。毫无疑问，超越性已不复存在。然而，思想的突然转变，又能将某种零散的内在性重新引入世界，进而恢复世界的深度。

我是否应该担心自己将哲学家们谨慎对待的议题扯得太远了？我只是读到胡塞尔的论断："真实的事

物，其本身就是绝对真实的；真理就是唯一；无论是谁眼中的真理，人、怪物、天使还是众神，真理都等同于自身。"这些论断看似自相矛盾，但如果接受前文所述，便能感受到其严密的逻辑。理性通过这样的声音吹响胜利的号角，关于这一点我并不否认。但他的论断在荒谬世界里意味着什么？天使或神灵的看法对我来说无甚意义。我永远无法理解神圣的理性与我的理性相互印证的几何世界。在此，我再度发现了跳跃，尽管它表现得极为抽象，但于我而言，它意味着遗忘那些我恰巧不愿遗忘之物。听，胡塞尔在其书中继续高呼，"即便所有受地心引力法则支配的物体都消失了，地心引力法则也不会遭到破坏，它只不过没了施展的空间而已"，我这才意识到自己面对的是某种形而上的慰藉。倘若我试图找出思想偏离事实之路的转折点，只需重读胡塞尔有关精神的类似推理："假如我们能够清楚地思考心理过程的确切规律，就会发现这些规律恒定不变，如同理论自然科学的基本规律。因此，即使没有心理过程，这些规律亦行之有效。"即使精神不在，其规律亦行之有效！于是我明白，胡塞尔试图将某个心理事实变成理性规则：在否定人类理性的整合能力之后，他借由这种方式跃入了永恒理性。

因此，胡塞尔提出的"具体宇宙"议题并不令我感到惊讶。他告诉我，并非所有本质都是形式上的，也有些是实质上的；前者是逻辑的对象，后者是科学的对象，这只是一个定义问题。有人说，抽象仅指具体的普遍性当中不连贯的部分；奈何，前文所揭示的摇摆使我得以阐明这些混淆的术语；因为这可能意味着，我所关注的具体对象，天空、水光映射在衣角的波纹，都各自保留着我有意隔绝于世界的真实威望。我不会否认这一点。但这也可能意味着，这件外套本身是普遍的，有其特殊且充分的本质，属于形式的世界。于是我明白，改变的只是过程的顺序。这个世界不再投射于更高的宇宙中，而是形式的天空映射在地面的形象集合里。这对我来说无甚变化。我在此处发现的，并不是具体的趣味、人类境况的意义，而是一种肆无忌惮地概括具体本身的智力主义。

思想通过贬低理性和抬高理性这两条截然相反的道路分别否定了自身，面对这一显而易见的矛盾，我们无需感到讶异。从胡塞尔的抽象上帝到克尔凯郭尔的光辉上帝，两者相差甚微。理性与非理性通向同样的说教。事实上，走哪条路并不重要，有抵达目的地的意愿就已足矣。抽象哲学家和宗教哲学家怀着同样的惶惑出发，在同样的痛苦中相互扶持，但重点在于解释方式不同。在此，怀旧比科学更强大。值得注意的是，当时的思想最为广泛地探讨世界无意义的哲学，却也得出最为分歧的结论。它不断在现实的极端理性化与极端非理性化之间摇摆，前者将现实分解成理性典型，后者则将现实神化。但这种分歧只是表面现象，双方只消通过跳跃便能达成和解。人们总是错误地认为，理性概念只是一条单向道。事实上，无论此概念如何雄心勃勃，它仍然和其他概念一样灵活多变。理性有着一副极具人性的面孔，但它也知道如何转向神性。自普罗提诺[①]首次兼顾理性与永恒氛围之后，理性已然学会如何背离其最珍视的原则——矛盾，以便将最为怪异、神奇的分有原则纳入其中[②]。理性成为思想

[①]古希腊罗马哲学家，新柏拉图主义的主要代表人物。

[②]一、在那个时代，理性必须适应环境，否则就会消亡。结果它适应了。普罗提诺将逻辑理性变成了审美理性。隐喻取代了三段论。二、此外，这并不是普罗提诺对现象学的唯一贡献。现象学的所有态度都包含在这位亚历山大港的思想家极为珍视的想法中，其中不仅有对人的思考，还有对苏格拉底的看法。——原注

的工具，而非思想本身。一个人的思想首先是怀念。

正如理性能够抚慰普罗提诺式的忧郁，理性也能为现代人的焦虑提供在熟悉的永恒布景中平静下来的方法。荒谬之人则没有那么幸运。于他而言，世界既不那么理性，也不那么非理性。世界是不合理的，仅此而已。胡塞尔的理性终究是无甚界限。荒谬反而划定了理性的界限，因为理性无力抚平荒谬的焦虑。克尔凯郭尔则断言，只要存在某个界限，便足以否定理性。但荒谬并没有走到这一步，于它而言，界限仅用来克制理性的野心。诚如存在主义者所思，非理性议题是通过否定自身而颠倒自身、解放自身的理性。荒谬是洞察到自身界限的清醒理性。

正是在这条崎岖道路的尽头，荒谬之人才认清自己的真正动机。在对比内心的深切欲求和外界的施予之后，他顿感应该转身离开。在胡塞尔的宇宙中，世界变得清晰，人心亦不必渴求熟悉感。在克尔凯郭尔的启示录中，若要满足对清晰的渴望，就必须舍弃这种渴望。罪不在知（从这个角度来看，人皆无罪），而在知的渴望。这恰是让荒谬之人感到既有罪又无罪的唯一之罪。世人向其提供解决之道，只消将过往的所有矛盾视为争辩的游戏。但他的感受并非如此。他必须守住矛盾无法解决这一事实。荒谬之人想要的并非说教。

我的推理希望忠实于唤醒它的事实。这个事实，就是荒谬，是欲求不息的精神与令其失望的世界之间的割裂，是我对一致性的怀念，是支离破碎的宇宙以及将它们串联起来的矛盾。克尔凯郭尔抑制我的怀念，胡塞尔整合这个宇宙，但这都不是我所期望的。问题的关键在于如何与这些割裂共存和思考，明白究竟是该接受还是拒绝。绝不能掩盖事实，抑或通过否定其中一方来消除荒谬。我们必须知晓能否生活在荒谬之中，或者逻辑是否要求我们为荒谬而死。我感兴趣的并非哲学性自杀，而是自杀本身。我只想抽离自杀的情感成分，了解其逻辑性和坦诚性。对荒谬精神而言，其余一切立场都预设了精神在揭示事实时所表现出的逃避与退缩。胡塞尔扬言要听从内心意愿，摆脱"在某些习以为常、舒适安逸的生存条件下生活和思考的痼习"，但他最后的跳跃，却使我们退回到永恒的舒适之中。这一跳跃并不像克尔凯郭尔所期望的那般危险，危险恰恰是在跳跃之前的微妙瞬间。能够站在那令人眩晕的山脊上才算得上坦诚，其余都是托词。我也知道，要不是克尔凯郭尔，无力感永远不可能激起如此动人的和谐。尽管无力感在冷漠的历史景观中占有一席之地，却无法在如今已然重要的推理中立足。

荒谬的自由

　　最重要的问题已经梳理完毕。我掌握着某些不言自明的道理。我所知道的、我所确信的、我无法否认的、我不能拒绝的，才是最重要的。我可以否定生活在不确定的怀旧中的那部分自我，但不能否定渴望一致、渴求答案、渴见清晰与和谐的这部分自我。我可以驳斥这世上包围我、冲撞我或裹挟我的一切，但不能驳斥混沌、偶然之王及无序状态下所产生的奇妙平衡。我不知道这个世界是否还有超越其自身的意义，但我自知并不了解它，目前也不可能了解。超越我生存状况之外的意义，对我而言有何意义呢？我只能从人的角度去理解。我所接触的、反抗我的，才是我所理解的。我还知道自己根本无法兼顾两件确定之事——一件是我对绝对和统一的渴求，另一件是世界在理性和合理原则上的不可化归性。若不说谎，若不涉及在我的境况范围内既无意义也不存在的希望，那我还能认识到怎样的真理呢？

假使我是林中树、兽中猫，那么生命便有了意义，或者说该问题无甚意义，因为我本就属于这个世界。我就是如今发动全身意识和对熟悉感的要求来反抗的这个世界。正是这个微不足道的理由，使我置于世间万物的对立面。我无法将它一笔带过。因此，我必须坚持我眼中的真实之物。在我看来再明显不过之事，即使与我意见相悖，也理应得到支持。倘若不是意识造成了世界与我的精神之间的冲突和断裂，那还能是什么？倘若我想维持此种冲突和断裂，就必须不断更新意识、令其时刻保持警醒。这就是目前我必须牢记之事。就在此刻，如此显眼却又难以征服的荒谬，闯进人的生活，寻得落脚之处。也正是在此刻，精神得以离开这条经理性探索过的荒芜之径，溯回日常生活，重回芸芸众生间，而人亦带着反抗与洞察力回归其中，从此忘却希望。眼前之地狱，终成其王国。所有的问题又亮出其利刃。抽象的事实在诗意的形状与色彩面前退避三舍。精神冲突变得具体，并在人心中找到一座既悲惨又恢宏的避难所。任何冲突都没有得到解决，但它们悉数改换了面貌。我们要寻死、要借由跳跃逃脱、要重建思想与形式之屋，还是转而接受荒谬这场撕扯人心又令人叹为观止的豪赌？

让我们为此做最后的努力，得出所有的结论吧。肉体、缱绻、创作、行动、人的崇高，都将在这个不合理的世界中重新归位。人终将会在世间觅得荒谬的美酒、冷漠的面包，以此来滋养自身的伟大。

让我们再次强调方法：那就是坚持不懈。荒谬之人走在路上，时刻都会受到蛊惑；即使没有神，历史也不乏宗教或先知。旁人怂恿他进行跳跃。而他所能给出的回答，就是他的认识有限，一切尚不明朗。他只想做自己能够理解之事。旁人告诉他犯下傲慢之罪，但他并不理解罪的概念；旁人又说，或许生命的尽头就是地狱，但他想象不出如此怪异的未来；旁人还说，他会失去灵魂的永生，但这对他而言轻如鸿毛。旁人想要他认罪，但他觉得自己是无辜的。坦率地讲，他心中只充斥着那无可挽救的无辜。正是这无辜，使得他无所不能。因此，他要求自己仅凭所知生活，接受存在之物，不牵涉不确定之事。旁人告诉他，没有什么确定之事。但至少这一点确定无疑。荒谬之人所关心的正是这一点：他想知道自己能否义无反顾地生活。

现在我可以谈谈自杀的概念了。我们已经觉察到可能的答案是什么。行至此处，问题已经颠倒过来了。之前的问题是知晓生命是否有值得活的意义。现在的问题则是，没有意义的生命是否更值得活。生活在某种经验、某种命运中，就是全盘接受它。没有人会生活在明知是荒谬的命运中，除非他竭尽所能地将意识所揭示的荒谬呈现在眼前。否定荒谬赖以生存的对立面，就是逃避荒谬。抹杀意识的反抗，就是逃避问题。永恒反抗的议题就这样转移到个人经验当中。活着，就是让荒谬活着。让荒谬活着，首先就得直视它。与欧律狄刻 ① 不同，荒谬只有在我们背离它时才会消亡。因此，唯一贯穿前后的哲学立场，就是反抗。反抗，是人与自身阴暗面的永恒抗争，是对无力达成的纯粹的要求。反抗，它无时无刻不在质疑这个世界。正如危险为人提供把握意识的良机，形而上的反抗也将意识扩展至整个经验。反抗，就是人时刻与自身相对，不是渴望，而是绝望。反抗只是对命运压迫的确认，而非被命运左右的屈从。

由此可见，荒谬的经验与自杀相去甚远。也许有人认为，自杀尾随反抗而来。但这是错误的，因为自杀并不是反抗的必然结果。自杀恰是反抗的对立面，

---

① 古希腊神话中俄耳浦斯的妻子，被毒蛇噬足而亡。俄耳浦斯悲痛万分，便前往地狱，用琴声打动了冥王哈代斯。冥王遂放其妻还阳，但他告诫俄耳浦斯，离开地狱前万不可回头张望。即将踏出冥界时，俄耳浦斯忍不住回头确认妻子是否跟在身后，却使欧律狄刻再度坠入地狱。

它意味着认同。自杀，如同跳跃，是承认自身的局限性。一切已成定局，人又回到历史轨道中。他看清了他的未来，他那唯一且可怖的未来，并朝它飞奔而去。自杀以自己的方式解决了荒谬：与其同归于尽。但我知道，荒谬为了继续存在，是无法被解决的。只要它在意识到死亡的同时拒绝死亡，就能逃避自杀。死囚正站在坠落的边缘，但他最后关头的想法，还是努力瞥一眼几米开外的那根鞋带，也就是荒谬。自杀者的对立面，正是死囚。

这种反抗赋予了生命价值，它贯穿生命始终，恢复了生命的崇高。对于一个没有被蒙蔽双眼的人来说，最壮观的场面莫过于智识与超越它的现实之间的搏斗。白日衣绣最是无与伦比，任何贬低打压都无济于事。自我约束的精神，从无到有的意志，面对面的交锋，都蕴藏着某种强大且独特的力量。现实的非人性铸就人的崇高，而削弱这一现实无异于削弱人本身。于是我明白，为何向我解释一切的学说同时也在削弱我，因其卸下了本应由我独自承担的生命重量。在这个节骨眼上，我无法想象，形而上的怀疑论竟能与弃世的伦理学并行不悖。

意识与反抗都是拒绝，是放弃的对立面。人心之中所有的不屈不挠、满怀激情之物都在激励着它们。必须毫不妥协地去死，而非心甘情愿地去死。自杀就是对意识和反抗的误解。荒谬之人只能穷尽周遭，耗尽自我。荒谬是其最紧绷的神经，是孤军奋战的不安，因为他知道，这日复一日的意识和反抗体现出的唯一真相，就是挑战。这是荒谬得出的第一种推论。

假使我坚持前后一致的立场，即通过某个已知概念推导出所有结论（并且只有这些结论），那么我便面临着第二个矛盾。为了忠于这一方法，我不必讨论形而上的自由问题。我不关心人是否自由，我只能感受到我个人的自由。我对自由没有一般性的概念，只有几个明确的看法。"自在自由"这一问题毫无意义，因其以全然不同的方式牵涉上帝的问题。要知道人是否自由，就必须知道人是否可以有主人。这一问题特有的荒谬性在于，使自由问题得以成立的概念本身，恰恰剥离了自由的全部意义。因为在上帝面前，没有自由问题，只有罪恶问题。我们面临着两重抉择：要么我们是不自由的，那么全能的上帝就要对罪恶负责；要么我们是自由且对罪恶负责的，那么上帝就不是全能的。历来各思想流派的微妙言辞，都无法对这一尖锐的矛盾增删毫厘。

这就是为何我不能迷失在对某个概念的颂扬或简单定义中，一旦它超出我个人经验的范畴，便无法被我理解，从而失去自身的意义。我无从了解某位更高级别的存在会赋予我怎样的自由。我早已丧失等级观念。我所拥有的自由，仅等同于囚犯或现代国家公民观念中的自由。我所知的唯一自由，是精神和行动的自由。然而，尽管荒谬抹杀了我获得永恒自由的机会，但它却归还、赞扬我行动的自由。剥夺了希望与未来，反倒增加了人的不可约束性。

普通人在遇见荒谬之前，生活有目标，着眼于未来，讲究名正言顺（重点不在于对谁或所为何事）。他会评价自身的可能性，会指望来日、退休生活或子女的工作。他仍然相信可以引导生命中某些事情的发展。事实上，即使所有的事实都与此相悖，他仍然表现得像个自由人。在遇见荒谬之后，世界天翻地覆。"我在"的想法，连同似乎一切皆有意义的行为方式（尽管有时我声称毫无意义），都被可能死亡的荒谬性以某种难以置信的方式所否定。期盼明天、设定目标、有所热爱，这一切皆以信仰自由为前提，尽管有时我们感受不到自由。不过，此刻我非常清楚，这种更为崇高的自由，这种仅凭自身便能构建某种真理的存在自由，并不存在。死亡就在那儿，它才是唯一的真实。死亡之后，游戏结束。我甚至无法拥有永生的自由，只能沦为奴隶，一个对永恒革命无望，甚至无法蔑视死亡的奴隶。没有革命与蔑视，谁能继续当奴隶呢？没有永恒作保，何来真正意义上的自由呢？

然而，与此同时，荒谬之人明白，直到目前为止，他都与以幻象为生的自由公式紧密相连，从某种意义上说，这束缚着他。只要他为生活设定某个目标，他便会苦心孤诣地去达成，故而成为自由的奴隶。如此一来，一方面我的行为方式必须符合我准备成为的一家之长（或工程师，或人民领袖，或邮电局的临时工）的身份；我下意识地认为自己可以选择成为这个人，而非那个人。另一方面，周遭人的信仰、人类生存境况的成见（其他人如此确信自己是自由的，并且这一正向情绪极具感染力！）同样支撑我的假设。不论一个人如何努力与道德、社会成见保持距离，但仍不能免俗，甚至会按照优质的成见（成见亦有好坏之分）去规范各自的生活。于是，荒谬之人明白，他并非真正的自由。说得更直白点，只要我期盼、关注某个特属于我的真理、某种存在或创造的方式，只要我安排自己的人生，并以此来证明我承认生命的意义，那我就是在为人生修建步步紧逼的藩篱。我的所作所为，与那些令我反感的以精神和心灵为生的，只会堂而皇之地看待人之自由的公职人员无甚差别。这一点，如今我看得很清楚。

荒谬告诉我：只顾今朝，不管来日。这是我拥有内在自由的原因。在此，我进行两种比较。首先，神秘主义者通过奉献自我寻得自由。他们沉浸于神的世界，接受神的规训，因而获得神秘的自由。通过接受自发的奴役，他们发现了内在的独立。但这种自由意味着什么呢？可以说，他们感受到自身的自由，但远不如被解放时的自由。同样的，荒谬之人全然转向死亡（死亡被视作最明显的荒谬），他自觉超脱万物，内心唯余对死亡的热切关注，从而领受到一种共同规则内的自由。由此可见，存在主义哲学的最初议题涵盖其全部价值。回归意识本身，逃离日常的浑噩，是荒谬的自由迈出的第一步。但备受诟病的是存在主义哲学的说教，它借此进行的跳跃，无疑是在逃避意识。同样的（这是我的第二种比较），古代的奴隶并不属于自己，但他们拥有不必对任何事负责的自由 [1]；而死亡

---

[1] 此处只是在比较事实，而非为奴隶制辩护。荒谬之人是妥协之人的对立面。——原注

有一双贵族般的手，既能镇压人，也能解放人。

沉浸在确定死亡的深渊中，自感今后成为生活的陌路人，但却能够延展生命，不再目光短浅地度过余生，这正是解放的原则。这一全新的独立，如同一切的行动自由，均有期限。它不会签发永恒的支票，但它取代了死亡来临时戛然而止的自由幻象。某日黎明时分，监狱的大门在死刑犯面前敞开，他表现出神圣的不可约束性，以及除了纯粹的生命之火外，对一切都难以置信的漠然。此刻，死亡和荒谬显然是唯一合理的自由原则，一种人心可以感受和经历的自由。这是荒谬得出的第二种推论。荒谬之人由此瞥见了一个既灼热又冰冷、既透明又受限的宇宙，没有任何的可能性，一切皆已成定数，而在这个宇宙之外，则是崩溃与虚无。于是，他决意在这样的宇宙中生活下去，从中汲取力量、拒绝希望，执着地见证这毫无慰藉的生命。

然而，生命在这样的宇宙中有何意义？就目前而言，它只不过是对未来的漠然与耗尽当下的激情。相信生命有意义，也就意味着存在某种价值尺度、选择和偏好。根据我们的定义，相信荒谬则恰恰相反。因此，这值得我们探讨一番。

知晓人能否毫无欲求地活下去，是我唯一感兴趣之事。我无意跳出这个讨论范围。我能否适应生活所赋予我的这副面孔呢？面对这一特别关切，相信荒谬就等于用经验的量取代质。倘若我坚信生活只有荒谬这副面孔，倘若我体会到生活的平衡取决于意识的反抗与它所抗争的黑暗间的永恒对立，倘若我承认我的自由只有在命运受限时才有意义，那么我须指出，这一切的重点不在于如何过上最好的生活，而在于如何活出最多的可能。我无须自问这种想法究竟是粗鄙的还是丑陋的，是优雅的还是可悲的。在此，事实判断取代价值判断。我仅凭亲眼所见得出结论，而非随意做出假设。假使这样的生活不够诚实，那么真正的诚实也会令我做出不诚实之事。

广义而言，"活出最多的可能"这一生活准则无甚意义，必须加以说明。首先，我们尚未深入探讨"量"的概念，因其可以解释大部分的人类经验。一个人的道德准则和价值观，只有在广泛的经验累积下，才能彰显其意义。然而，现代生活的条件将同等数量的经验施加于大多数人，令其获得同等深刻的经验。当然，我们还必须考虑到个体的自发贡献，即其"天赋"之物。但我无法对此做出评判，再次重申，本文旨在分析显而易见的事实。于是我发现，公共伦理的特点，并不在于赋予其生命的重要理想原则，而在于能够校准的经验规范。说得更深入一些，希腊人消遣娱乐的习性，正如现代人八小时工作制的规定。但不少人，尤其是最为悲惨之人，使我们预见到，长年累月的经验会改变价值观。他们使我们联想到，一个每天都在冒险之人，仅凭经验的"量"，就能打破所有纪录（我特意使用这一体育术语），从而赢得其道德准则 [1]。让我们暂时抛开浪漫主义，仅思考对一个下决心接受赌注，并严格遵守他所认定的游戏规则之人来说，这种态度意味着什么。

打破所有纪录，首先意味着尽可能地直面世界。如何才能在避免矛盾、不玩文字游戏的情况下做到这一点呢？毕竟，荒谬一方面告诉我们，所有经验都无关紧要；另一方面，它又将我们推向更多的经验。如

[1] 量有时会构成质。根据最新的科学理论，一切物质均由若干能量中心构成，能量中心的多少决定物质特性的大小。十亿个离子跟一个离子相比，不仅量不同，质也相异。人类经验中不乏类似现象。——原注

此一来，我们怎能不步悲惨之人的后尘，选择一种最能带给我们人性特质的生活方式，从而引入某种我们扬言要摒弃的价值尺度呢？

能够教导我们的，依旧是荒谬及其矛盾的生活。我们误以为经验的"量"取决于生活环境，实则完全取决于我们自身。此处必须化繁为简。对于两个寿命相同的人来说，世界始终提供同等数量的经验。我们有必要意识到这些经验。尽可能地去感受生活、反抗、自由，就是活出更多的可能。在清醒的意识王国，价值标准变得毫无用武之地。再言简意赅些：唯一的阻碍，唯一"需要弥补的不足"，就是过早死亡。此处所谈及的宇宙，正因与死亡这一恒定的例外相对立，才得以存在。因此，在荒谬之人眼中，任何深度、情感、激情和牺牲都无法将充满意识的四十年与持续清醒的六十年相提并论（尽管他希望如此，但也无甚他法）①。疯狂与死亡皆无可救药，亦无法选择。荒谬及其带来的生命增量，并不取决于人的意志，而是取决于它的对立面——死亡②。仔细斟酌一番，这其实完全是运气问题，人只能硬着头皮接受。二十年的生活与经验，是永远无法被取代的。

如此沉稳老练的希腊民族，也曾有怪诞不经的想法，他们希望诸神能够垂怜英年早逝之人。此种想法只有在我们愿意承认，进入苍白无力的诸神世界，就意味着永远失去最纯粹的快乐——感受的快乐、感受世间的快乐时方可成立。荒谬之人的理想，是让始

---

① 对于全然不同的虚无概念来说亦是如此。虚无不会随意增删现实。在虚无的心理体验之中，只有思考两千年后会发生之事，我们自身的虚无才真正有意义。从某方面来说，虚无恰恰是由后起之生命构成的，我们的生命并不参与其中。——原注
② 意志在这里只是代理人：它旨在维持意识，意志提供某种生活的纪律，这一点是值得赞扬的。——原注

终保持意识的灵魂专注于当下，以及一连串的当下。但"理想"一词言过其实。因为这并非荒谬之人的使命，只是他得出的第三种推论。对荒谬的思考，从某种非人性的痛苦意识出发，在抵达终点之际，重又回到人类炽烈的反抗之火中 [1]。

我从荒谬中得出了三种推论：我的反抗、我的自由和我的激情。仅凭意识活动，我就将死亡的邀约转化成生活的准则——我拒绝自杀。我无疑知晓连日来的沉闷回响，对此我只能说：这是必经之路。尼采写道："显而易见，天上和地下最为看重之事，就是朝着

[1] 重要的是一致性。我们的出发点是赞同世界。但是东方思想教导我们，可以从反对世界出发，进行同样的逻辑努力。这也是合理的，顺带指出本文的观点和局限性。不过，当我们以同样严格的方式（例如某些吠檀多学派）否定世界时，通常会得到诸如对行为漠不关心的结果。让·格雷尼耶在其重要著作《选择》中，就以这种方式创立了真正意义上的"冷漠哲学"。——原注

同一方向长久地服从下去：久而久之，就会产生某些值得在世间活下去的理由，比如美德、艺术、音乐、舞蹈、理性、精神，某种使人脱胎换骨之物，某种精致、疯狂或神圣之物。"他阐述了某种气度恢宏的道德规范，却也为荒谬之人指明了道路。臣服于内心之火焰，是最简单却也最困难之事。不过，所幸在与困难较量之时，人偶尔会审视自身。只有他能做到这一点。

"祈祷，"阿兰 [①] 说道，"是当夜幕笼罩思想之时。"神秘主义者和存在主义者回答道："但精神必须遭遇黑夜。"诚然，这绝非紧闭双眼，全凭人之意志所产生的黑夜，而是精神为沉溺其中而招致的阴暗、封闭的黑夜。倘若精神必须遭遇黑夜，毋宁是绝望但清醒的极地之夜、精神的不眠之夜，或许夜幕中会升起

①法国哲学家、记者，和平主义者。

纯洁无瑕的曙光，以智识的光芒勾勒出万物的轮廓。至此，平衡与充满热情的理解相遇，甚至无须评判存在主义哲学的跳跃，它重又回到古老的人类形态的壁画之中。对意识清醒的旁观者而言，这种跳跃仍不啻为荒谬。它自以为能解决矛盾，实则却在重现矛盾的全貌。就此而言，它自有动人之处。如此一来，万物复归其位，荒谬的世界在其辉煌与多样中重生。

不过，我们的讨论不该止步于此，也很难再满足于单一观点、摆脱矛盾（或许是所有精神力量中最微妙的一种）。以上所述，仅在定义一种思维方式。现在，该面对生活了。

荒谬之人

假如斯塔夫罗金信神，他不会相信自己信神。

假如他不信神，他也不会相信自己不信神。

——陀思妥耶夫斯基《群魔》

歌德说："我的场域，就是时间。"这真是荒谬的论调。荒谬之人究竟是怎样的呢？他既不否定永恒，亦不为永恒效力。怀旧于他而言并不陌生，但他更器重自己的勇气与推理。勇气教他安于现状，毫无诉求地活着，推理则教他认清自身的局限。在确信其自由有限、其反抗前景惨淡、其意识终将消亡之际，荒谬之人便继续生命的冒险。那是他的场域，他的行为不接受除自己之外的任何评判。对他来说，更伟大的生活并不意味着另一种生活。那是一种欺瞒。我在这里提及的，甚至不是被称为"来世"的可笑永恒。罗兰夫人 [①] 曾笃信来世，如此轻妄的举动亦得到了教训。后世乐于引用这个词，却忘记加以判断。由此可见，

①法国大革命时期的女性政治人物，吉伦特派的领导人之一。在大恐怖时期，因雅各宾派对吉伦特派的清洗，罗兰夫人被送上断头台。

罗兰夫人对他们来说无足轻重。

此处绝不是奢谈道德。我见过许多口谈道德、志在穿窬之徒，但每日观察告诉我，诚实并不需要规则。荒谬之人只愿接纳一种不与上帝割裂的道德，亦即被支配的道德。不过，他刚好活在这位上帝之外。至于其他道德（也包括非道德主义），荒谬之人只能从中看到辩解，而他无可辩解。因此，我的出发点是他的无辜。

这种无辜令人望而生畏。"万事皆允！"伊万·卡拉马佐夫[1] 如此喊道。这也是荒谬的论调，但万不可粗俗地去理解。我不确定各位是否注意到：这绝非解脱的欢呼，而是苦涩的确认。相信上帝赋予生命意义，远比做错事却不受惩更具吸引力。选择并不困

---

[1] 陀思妥耶夫斯基的小说《卡拉马佐夫兄弟》中的人物。

难。然而，正因为别无选择，苦涩才由此而生。荒谬带来的不是解脱，而是束缚。它并未允诺所有行为。"万事皆允"并不意味着百无禁忌。荒谬只是将这些行为的后果趋同。它不提倡罪恶，那太幼稚了，但它表明悔恨的无用。同样的，假使所有经验都是无关紧要的，那么尽职尽责的经验等同于其他经验，都是合情合理的。世人极有可能误打误撞地成为贤德之人。

所有道德都基于这一观念：某种行为会产生赞同它或抹杀它的结果。荒谬之人认为必须冷静地看待这些结果，随时准备为此付出代价。换句话说，他认为只有行为责任人，没有有罪者。他至多同意将过去的经验作为未来行动的基石。时间使时间长存，生命为生命效力。在这个既有限又充满可能性的场域中，除了清醒的意识之外，他身上的一切皆不可预测。此种不合理的秩序会产生怎样的规则呢？唯一对他有启发性的真理并非形式上的，而是体现在实在之人身上。因此，荒谬之人的推理并非找寻道德准则，而是呈现人类生活的气息。下述的几位人物形象皆是如此，他们以各自的态度与热情进行荒谬的推理。

所举例证未必值得效仿（在荒谬世界中尤其如此），这些人物形象亦非完美典范，对此我是否还须另做说明？除非志业使然，否则照猫画虎地从卢梭那里得出四肢爬行[①]、从尼采那里得出虐待母亲[②]的结论，不免显得荒唐可笑。某位现代作家写道："人必须保持荒谬，而不应被愚弄。"此处所述的态度，只有考虑到其对立面，才能彰显全部的意义。假如某位邮局的临时工与征服者拥有同等的意识，那他们是

[①] 卢梭崇尚返璞归真，他认为科学和艺术不能淳风化俗，反而带来道德的堕落。伏尔泰则写信讽刺他："世人在拜读您的著作之后，不禁想用四肢爬行。"

[②] 尼采在罹患精神病后，常对母亲无故吼叫。

完全平等的。有鉴于此，任何经验都无关紧要，有些能为人所用，有些则不然。倘若人有意识，经验则有用，反之则不然：人的失败并不能用来评判周遭的环境，只能用来审视自身。

我只选择（有些是我认为的）穷尽自我之人，仅此而已。眼下，我只想谈论一个思想和生活皆被剥夺未来的世界。一切使人付诸行动、劳心伤神之物，无不用到希望。因此，唯一拒绝弄虚作假的想法，就是贫瘠的想法。在荒谬的世界中，某个概念或生命的价值，是以其贫瘠的程度来衡量的。

唐璜主义

凡事有爱足矣，未免过于简单。爱愈多，荒谬则愈强烈。唐璜并非由于缺爱而流连于女人丛中。将其刻画为追求完美爱情的情痴，实属荒唐可笑。不过，正因为他每次都以同样的热情与全部的自我去爱她们，所以他才必须重复爱的天赋与深切的追求。每个女人都希望带给他其他女人未曾给予之物。但每一次，她们都大错特错，只不过让他再次感受到追求的需要。其中一个女人喊道："最后，我给了你爱。"唐璜嗔笑道："最后？不，是再一次而已。"我们对此还会感到讶异吗？为何爱得深切，就必须爱得少呢？

唐璜悲伤吗？不太可能。我无须借助传闻便能证实，他的笑声、作为胜利者的狂妄、他的欢欣雀跃和对戏剧的热爱，皆明朗愉快。任何心智健全之人都倾向于多多益善，唐璜也不例外。更何况，悲伤的成因有两个：或因无知，或因希望。唐璜并非无知，却也无甚希望。他使人联想到那些知晓自身极限但从不超越极限的艺术家，精神游走于动荡不安的极限边缘，如大师般悠然自得。这便是天才之处：知晓边界所在的智慧。直到肉体死亡来临，唐璜都不曾感到悲伤。当他知道大限将至时，便放声大笑，一切皆已释怀。他曾在满怀希望时感到悲伤。如今，在那朱唇之上，他又品尝到这苦涩但抚慰人心的滋味。苦涩？倒也未必：那是彰显幸福的必要缺憾！

　　将唐璜视为受《传道书》滋养之人，实在是大错特错。因为在他看来，最为虚妄之事莫过于期盼来世，用生命来对抗上天这点便是明证。在享乐中丧失欲望之悔恨，此为无能之辈的通病，唐璜实不属之。把它放在浮士德身上则更为贴切，因其如此信仰上帝，以至于将自己出卖给魔鬼。对唐璜来说，事情则简单许多。莫利纳笔下的"骗子"① 在面对地狱的威胁时回应道："你留给我的期限也太久了！"对于懂得如何活着之人来说，身后事都是徒劳，生前的日子才叫漫长！浮士德觊觎世间的财富：这位可怜之人只消伸手去拿。当他无法取悦灵魂时，就已经等同于出卖灵魂了。相反的，唐璜要的是满足感。倘若他离开

① 莫利纳是西班牙剧作家，其创作的剧本《塞维利亚骗子与石像客人》，成为最早期的唐璜故事蓝本。此处的"骗子"指的就是唐璜。

某位女人，绝非因为不再渴求她——美丽的女人总是令人垂涎，而是因为他倾心于别的女人。这可不是一回事。

此生充实圆满，再没有比失去它更糟糕的了。这位登徒子是极慧之人。然而，这样的世界并不适合那些依靠希望而活之人，因为在这里，善良让位于慷慨，缱绻的柔情让位于豪横的沉默，群情的共鸣让位于孤独的勇气。世人无不言："他是懦夫，他是理想主义者，或他是圣徒。"无论如何，必须贬低此种屈辱的崇高。

世人对唐璜的言论和他对所有女人的惯用伎俩（或是对仰慕之物的轻笑）感到愤慨。对于追求无尽欢愉之人来说，唯一重要的是效率。何苦将那些行之有效的惯用伎俩复杂化呢？更何况，无论男女，都不会注意说话的内容，只会在意说话的声音。这些惯用伎俩是规则、惯例和风度。招数尽出，真正的好戏还在后头。唐璜已经蓄势待发，他何必自设道德问题呢？他不像米洛什笔下的马拿哈[①]，因渴望成为圣徒而甘愿下地狱。地狱于他而言是自找的。面对神的震怒，他只有一个回答，那就是人的荣誉："我崇尚荣誉，"他对骑士长[②]说，我信守诺言，因为我是一名骑士。然而，将唐璜视为非道德主义者也是大错特错。在这方面，他"如同所有人"，有同情或厌恶的道德标尺。要想真正理解唐璜，唯有时刻参照他所象征的世俗形象：一个普通的诱惑者，一个爱拈花惹草

[①] 奥斯卡·米洛什是法语诗人、剧作家、小说家，他于1913年创作了以西班牙贵族米格尔·马拿哈为主角的同名剧目，该主角长期以来被视作唐璜的原型。

[②] 唐璜半夜溜进骑士长女儿唐安娜的闺房，企图非礼她。骑士长赶来制止，在决斗中被唐璜杀死。

的男人。一个普通的诱惑者①,因为他意识到这一点,因而他是荒谬之人。一个清醒的诱惑者并不会就此改变,诱惑是他的常态。他只有在小说中才会一反常态,变成更好的人。但同时也可以说,一切都没有改变,一切都在转变。唐璜的行为表明"量"的伦理,这与圣徒注重"质"的准则截然相反。不相信事物的深层意义,正是荒谬之人的特征。他逐张检阅那些热情或惊艳的面孔,藏之于心,并付之一炬。时间与他齐头并进。荒谬之人活在时间之中。唐璜无意"收集"女人,他在阅女无数的同时也耗尽生命的可能。收集,意味着能够与过去共存。然而,他拒绝悔恨,因为那是希望的另一种形式。他从不凝视女人们的肖像画。

---

①真正意义上的"诱惑者"有其缺点。任何正常的态度都包含若干缺点。——原注

这是否意味着他很自私呢？从他对待女人的方式来看，的确如此。不过，须先对自私的概念达成共识。有人为生而生，有人为爱而生。至少唐璜会乐意这么说。但这只是他所能选择的捷径。因为此处谈及的爱，装点着永恒的虚幻。所有的爱情专家都教导我们，只有受挫的爱才是永恒之爱，没有挣扎就没有激情。这种爱只有在终极矛盾——死亡到来之际，才能画上句点。要么成为少年维特，要么变成无名之辈。还有几种自杀方式，其中之一便是全然奉献、忘掉自我。唐璜和其他人一样，知道此举感人至深，但他是少数明白重点并不在此之人。他还知道：那些因伟大之爱而忽视个人生活之人，或许会感到富足，但他们无疑会令所爱之人枯萎。一位母亲、一个热情的女人，必然有颗僵硬之心，因为这颗心早已与世隔绝。她们只剩下单一的情感、单一的人、单一的面孔，其余一切都被吞噬。撼动唐璜的是另一种爱，即解放之爱。这种爱带来世界的万千样貌，因其自知终将消亡而引人战栗。唐璜选择成为无名之辈。

对他来说，关键在于看得真切。根据书籍或传说中的某种普遍观点，我们将爱描述为我们与某些人的联结。但就爱而言，我只知道它是把我和某个人联结起来的，因人而异的欲望、柔情与智慧的混合体。我无权以爱为名来涵盖所有经验，亦无必要以同等的姿态去行动。在此，荒谬之人又徒增一无法统一之物，由此发现一种新的存在方式，既能解放自己，也能解放亲近之人。唯有短暂且独特的爱，才是慷慨之爱。正是一次次的死亡与重生，编织出唐璜人生的花束，这是他付出与赖以生存的方式。至于唐璜是否自私，留待后世评判。

在此，我想到那些执意要唐璜受到惩戒之人——

不仅来世受罚，甚至还有此生。我想到那些关于唐璜老年的故事、传说与玩笑。对此，唐璜早已有所准备。对于有意识之人来说，晚年及其昭示的前景并不足为奇。只有当他毫不掩饰对它们的恐惧时，他才是有意识之人。雅典曾有一座供奉老人的神庙，人们会带孩子去朝圣。在唐璜看来，世人愈嘲笑他，他的形象就愈鲜明。于是，他拒绝浪漫主义者加之于他的形象：谁也不愿嘲弄这个受尽折磨的可怜虫。世人怜悯他，上天会救赎他吗？事实并非如此。唐璜眼中的世界，亦有荒唐的身影。他认为接受惩罚再正常不过，这是游戏规则。正是他的慷慨大度令其全盘接受所有的游戏规则。他知道自己是对的，这算不上惩戒。命运并不意味着责罚。

这便是他的罪行，不难理解缘何永恒的信众要求他受到惩戒。他获得了某种除却妄想、否定他们所奉信仰的知识。爱与占有，征服与耗尽，这就是他的认知方式。（《圣经》中将肉体之爱称为"认识"不无道理。）他忽视他们，被他们视作死敌。据一位编年史家记载，真正的"骗子"被方济各会修士暗杀，他们意在"终结唐璜的纵欲与渎神，而他的出身就是其逍遥法外的保证"。之后，他们宣称唐璜已遭五雷轰顶。没有人证明这离奇的结局，亦没有人提出反证。无须置疑此事的真假，此事的真假，可以说它完全合乎逻辑。我要特别强调"出身"一词：正是活着保证他的无辜，也正是死亡令其背负如今传奇般的罪行。

　　冰冷的骑士长石像挪动起来，惩罚敢于思考的血气方刚之人，这意味着什么呢？永恒理性、秩序、普世道德所代表的权威，以及易怒上帝的外在威严，均集于他一身。这座没有灵魂的石像，象征的只是唐璜向来否定的权威。不过，骑士长的使命到此为止。世人传召的闪电与雷鸣亦可重返臆想的天国。真正的悲剧与它们无关。不，唐璜并非死于石像之手。我宁愿相信唐璜的无所畏惧，相信这位狂笑不羁的理智之人挑战并不存在的上帝。我尤其相信，唐璜在安娜家等待的那个夜晚，骑士长并没有赶来，午夜过后，不信神的唐璜必然已领受那可怕的苦涩。我更愿意接受另外的结局——唐璜隐居修道院，直至去世。这个结局之所以可信，并非因为它具有教化意义。唐璜怎会祈求上帝的庇佑呢？而是因为它更像是一个全然荒谬的人生的必然结果，一个只顾及时行乐的生命的悲壮离场。享乐在此以禁欲告终。必须这样理解，享乐与禁欲是同一贫乏的两副面孔。还能想象出比这更不寒而栗的画面吗？一个被自己肉体背叛之人，因未及时死去，在等待末日来临前，只得继续生命这出戏，直面他并不信奉的上帝，侍奉祂如同侍奉过去的人生，跪在空洞的神像前,双臂伸向既缄默又无甚深意的天空。

　　我仿佛看见唐璜隐居在西班牙山丘上的某座修道院斗室里。倘若他在观望什么,必定不是已然消逝的爱情魅影,或许是透过被太阳晒得灼热的墙缝,凝视西班牙某处寂静的平原,在这片壮美但无灵魂的土地上,他认出了自己。是的,应该定格在这帧既忧伤又夺目的影像上。终局,意料之中但未曾期盼的终局,实则无关紧要。

戏　剧

　　哈姆雷特说："演出就是陷阱，用以捕获国王的意识。""捕获"一词用得极好。因为意识稍纵即逝，或旋即隐匿。务必看准良机，在它瞥向自己的须臾，迅速捕获它。常人不喜欢逗留，一切都在催促他前行。但同时，他只对自己感兴趣，尤为关心他可能成为怎样的人。因此，他钟爱剧场、演出，无数的命运展现在他眼前，只领受其中的诗意，而无须亲历苦涩。常人至少可以从中辨认出无意识之人，并见其继续奔向未知的希望。当希望陨灭、精神不再欣赏而想要进入游戏之时，荒谬之人便出现了。进入各种各样的角色，体验斑斓的人生，就是在扮演他们。我并不是说演员普遍遵从这一标准，他们都是荒谬之人，而是说他们的命运是荒谬的命运，足以诱惑和吸引眼明心亮之人。这一点有必要澄清，以免对下文产生误解。

演员统御着稍纵即逝之物。众所周知，就所有的荣耀而言，演员的荣耀最为短暂。至少日常谈资如是。然而，所有的荣耀皆转瞬即逝。在天狼星人[①]看来，歌德的作品将在一万年后化为尘土，他的名字亦将无人问津。或许会有若干考古学家找寻我们

[①] 伏尔泰《微型巨人》中的人物，该小说讲述了长寿的天狼星巨人来到地球"小人国"的故事。

这个时代存在过的"证据"。这一观点向来发人深省。深思熟虑过后，内心的躁动便化作冷静深沉的高贵，关注点更是转向最为确然之事，亦即当下之事。在所有的荣耀之中，最难欺瞒的是正在经历的荣耀。

于是，演员选择了无可估量的、孜孜以求的、身体力行的荣耀。他从万物终将消亡的事实之中得出了最佳结论。演员不成功，便失败。作家即使寂寂无名，仍能保持希望：他相信自己的作品将见证他的过去。演员至多会给我们留下一张照片，而属于他的过往——动作、沉默、急促的呼吸或爱的喘息，均不会出现在我们面前。对演员来说，名不见经传就意味着无戏可演，无戏可演就意味着他连同他本可以演活的角色已死上千百次。

某种昙花一现的荣耀建立在最为短暂的创作之

上，这又何奇之有呢？演员用三个钟头来扮演伊阿古、阿尔赛斯特、费德尔或葛罗斯特[①]。在这短暂的时间内，他在五十平方米的舞台上演绎他们的生与死。荒谬从不曾如此饱满、长久地展现出来。这些鲜活的生命，这些独特且完整的命运，在舞台上的几个钟头内成长与落幕，还有哪种形式比它更具启发性呢？帷幕落下，西吉斯蒙德[②]烟消云散。两个钟头后，有人看到他在城里吃晚饭。或许这就是人生如梦吧。但在西吉斯蒙德之后，另一个角色粉墨登场。这个举棋不定、备受煎熬之人取代了大仇得报后的仰天长啸之人。演员由此穿越世纪与心灵，模仿人物可能或真实的样貌，他与旅人这一荒谬角色

①伊阿古是莎士比亚《奥赛罗》中的人物。阿尔赛斯特是莫里哀《愤世者》中的人物。费德尔是拉辛的同名剧作人物。葛罗斯特是莎士比亚《李尔王》中的人物。
②西班牙剧作家佩德罗·卡尔德隆·德拉巴萨《人生如梦》中的人物。

有异曲同工之妙。二者皆在消耗，皆在马不停蹄地奔走。演员是时间的旅人，最为出色者则是被灵魂追捕的旅人。倘若"量"的伦理能够寻得食粮，那必定是在这非凡的舞台之上。极难言明演员在多大程度上受益于角色，但重点并不在此。问题仅在于演员在多大程度上认同这些无可替代的生命。他有时承载着他们，超越他们所诞生的时空。在他们的陪伴下，演员亦难以割舍过往的角色。当他举杯时，发现自己正以哈姆雷特的手势举杯。不，演员与他所演活的角色并非相去甚远。他逐日逐月地呈现如此充盈的真实，以至于在渴望成为的模样与真实的自我之间已无界限。演员素来关心如何更好地塑造角色，他所展现的正是表象能在何种程度上成为实在。因为绝对地扮演，尽可能地进入他人的生命，就是他的艺术。竭尽所能之后，其使命一览无余：

全心全意地不成为任何人，或者成为许多人。角色塑造受限愈多，愈需要演员的才华。三个钟头后，他必须戴着今日之面具死去。在这三个钟头内，他必须体验与表达某种非凡的命运。这就是所谓的"丧失自我以找回自我"。在这三个钟头内，他径直走到死胡同的尽头，而这正是台下观众穷其一生才能走完的路。

表演时间短暂，演员只得在表象上多下功夫，力求完美。戏剧的传统，是只能通过手势和肢体动作来表达与理解内心——或是通过灵魂与肉体之声。这门艺术的法则要求放大一切，有血有肉地表达一切。假如演员必须在舞台上真实地去爱，吐露无法取代的心声，深情地凝视对方，那么话语则无人能懂。沉默必须被听到，爱必须提高音量，静止也必须精彩过人。肉体是舞台之王。"戏剧性"并非唾手可得，这个被曲解、贬低的词，实则涵盖了一整套美学和道德伦理。人的大半生都是在含沙射影、袖手旁观和缄默不语中度过。演员是闯入者，他为受缚的灵魂解除魔咒，使激情得以涌向舞台。激情通过手势畅所欲言，通过呐喊永葆活力。演员由此塑造出他意欲呈现的角色。他勾勒或刻画他们，融进虚构的形象之中，赋予这些幻影以血肉。毋庸置疑，我指的是伟大的戏剧，即让演员有机会用肉体展现命运的戏剧。以莎士比亚为例，在描绘受本能驱使的剧目中，正是肉体的狂热主宰一切、解释一切。若没有它，整出戏都会垮掉。倘若李尔王没有以残暴的姿态流放寇蒂利亚、谴责埃德加，他定不会赴癫狂之约。整出悲剧都弥漫着癫狂的气氛。灵魂交付给魔鬼，与群魔乱舞。至少有四个疯子 ①，其中一个出于职业，另外一个出于自愿，其余两个则是出于痛苦：处于同等状态下的四具癫狂的肉体、四张难以名状的面孔。

单凭肢体语言是不够的。面具、厚底靴、削弱或突出面部特征的妆容、夸张或简化的服装设计，戏剧世界为表象牺牲一切，仅为视觉而生。肉体经由某种荒谬的奇迹带来认知。除非我扮演伊阿古，否则我永远无法真正理解他。仅听到他的声音还不够，只有亲眼见到他才能了解他。演员从荒谬角色身上收获单调，这既独特又迷醉、既熟悉又陌生的剪影，贯穿他所扮演的所有角色。伟大的戏剧作品

---

① 四个疯子分别指的是弄臣、李尔王、寇蒂利亚和埃德加。

亦强调这种统一的基调 ①。这正是演员的自相矛盾之处——相同却又如此不同，同一具肉体却又栖居着如此多的灵魂。这恰是荒谬的矛盾，个体想要触及一切、经历一切，不过是徒劳的尝试和毫无意义的坚持。一向自相矛盾之物却在他身上统一起来，肉体和精神凝聚一身，厌倦失败的精神转而投靠它最忠实的盟友——肉体。哈姆雷特说："赞美那些情感与理智巧妙融合之人吧，他们绝不做命运女神指间之笛，任其随意拨弄。"

教会怎能不谴责演员的这种行径呢？它驳斥这门艺术中异端的横生、情感的放荡、可耻的主张——拒绝只经历一种命运，耽溺于各种纵欲。它禁止演

---

① 我想到莫里哀笔下的阿尔赛斯特。一切都是那么简单、明显、粗糙。阿尔赛斯特与菲林特针锋相对，塞利曼与埃利安特意见不合，整个主题都是某种极端性格所带来的荒谬结果，连诗句本身也是"拙劣的诗句"，像单调的人物性格那样勉强遵守韵律。——原注

员推崇当下，追捧海神普罗透斯的千般样貌，因为这都是对教义的否定。永恒并非一场游戏。一个人若是痴到爱戏剧胜于爱永恒，他便失去救赎的机会。在"各处"和"永恒"之间，没有妥协的余地。由此可见，被贬低至此的职业竟会挑起异乎寻常的精神冲突。尼采说："重要的不是永恒的生命，而是永恒的生命力。"所有的戏剧大抵都做出了选择。

阿德里安娜·勒库弗勒 [1] 在临终前想要告解并领受圣体，却拒绝背弃她的职业，因而丧失告解的恩典。她如若不是站在深爱着的激情这一边而反对上帝，那又是什么呢？在弥留之际，她含泪拒绝背叛她所谓的艺术，从而展现出她在舞台的聚光灯下未曾达致的精神高度。这是她最好、也最难把握的

[1]法国十八世纪的著名女演员，在她去世后，天主教会拒绝为她举行基督教葬礼。

角色。选择天堂还是可笑的忠诚，追求自我的永恒还是委身于上帝，面对这出古老的悲剧，每个人都必须扮演好自己的角色。

那个时代的演员自知已被逐出教会。从事这个行业，就是选择地狱。教会亦视其为死敌。某些文学家为此义愤填膺："如何？剥夺莫里哀最后的救赎！"不过，这是合理的，对于死在舞台上、一生都致力于扮演众生相的莫里哀来说尤其如此。世人谈起他，说他是可以开脱一切的天才。但天才不会为任何事开脱，只因他拒绝这样做。

演员知晓他将面临怎样的惩罚。然而，相较于生命本身预留给他的最终惩罚，如此含糊的威胁又有何意义呢？他已然体验并全盘接受它。于演员和荒谬之人而言，过早死亡是无法挽回的。没有什么可以弥补他本可以扮演的角色和穿越的世纪。但无论如何，死亡终将到来。虽然演员无处不在，但时间裹挟着他，在他身上留下烙印。

只消一点想象力，便能感受到演员的命运意味着什么。他站在时间的洪流之中，塑造与展现各类角色，并学会驾驭他们。他愈是经历别样的人生，愈能与角色分离。终有一天，当他必须告别舞台与世间时，往事皆历历在目。他看得真切，他觉察到这场冒险锥心刺骨、无可替代的一面。他知道可以即刻赴死。死亡是老年演员的养老院。

征　服

"不，"征服者说，"不要以为我热爱行动，就必然忘记思考。事实上，我可以完美地界定我所相信之物。因为我对它坚信不疑，并且洞若观火。不要轻信那些声称'这我熟稔于心，只是难以表达'之人。倘若他们无法表达，那是因为他们不甚了解，或因懒惰而浮于表面。"

我没有太多看法。人走到生命的尽头，才发觉半生皆用来确定唯一的真理。然而，倘若这唯一的真理果真不言自明，便足以指引生命的存在。至于我，我对个体自然有话要讲，必须做到直言不讳，甚至带有适度的蔑视。

缄口不言比夸夸其谈更能体现一个人。接下来，我将在许多事上保持沉默。但我深信，任何对个体妄下论断之人，其评判经验要比我们少得多。智识，振奋人心的智识或许已预见到理应正视之物。然而，时代的废墟与鲜血却以事实充斥着我们的头脑。古老的民族，甚至是在我们这个机械化时代之前的民族，都有可能权衡社会道德与个体道德，探寻究竟何者应为何者服务。此种可能性，首先是缘于人心之中根深蒂固的畸形心理，即人生来就是服侍他人或被人服侍的，其次是因为无论社会还是个体，都尚未尽显其能。

我见过许多良善之人，他们惊叹于诞生在血腥的佛兰德战争中的荷兰画家的杰作，感动于成长在恐怖的三十年战争中的西里西亚神秘主义者的祝祷。他们惊讶地发现，永恒的价值仍凌驾于世俗的喧嚣之上。但时过境迁，如今的画家已缺少这份淡定与从容。尽管他们仍具备创作者所必需的心灵，我指的是铁石心肠，但也无济于事，因为包括圣人在内的所有人都被动员起来了。这或许是我感触最深之处。每种殒命在战壕中的形式，每种被铁蹄踏破的笔法、隐喻或祷词，都意味着失去部分的永恒。意识到无法脱离所处的时代，我决定与它融为一体。我之所以如此重视个体，是因为它在我眼中微不足道且备受屈辱。鉴于并不存在胜利的事业，于是我偏好失败的事业：它要求完整的灵魂，对失败或短暂的胜利一视同仁。对于与世界共命运之人来说，文明的冲突着实令人苦恼。我对此感同身受，亦想投身其中、放手一搏。在历史与永恒之间，我选择历史，因为我喜爱确定性。至少我能够把握历史，怎能否定此种压垮我的力量呢？

人总有必须在沉思与行动之间做出抉择的时刻，这就是所谓的成人时刻。其间经历的挣扎令人不寒而栗，但对于骄傲的心灵而言，毫无妥协的余地。不是上帝就是时间，不是十字架就是利剑。这个世界拥有超越其动荡的更高意义，抑或除了动荡之外再无其他。人必须与时间共存亡，抑或逃避时间去寻求某种更伟大的生命。我知道人可以妥协，可以活在当下，可以信仰永恒，这叫作接受。但我对这个字眼深恶痛绝，我想要一切，否则就什么都不要。假如我选择行动，不要以为沉思对我来说就是新大陆。然而，沉思不能给我一切，在失去永恒之后，我甘愿与时间结盟。我不愿与怀旧或苦涩为伍，只想看得真切。我告诉您，明天您将会行动起来。于您于我，这都是一种解放。个体既无能为力，却又无所不能。在这种不受约束的绝佳状态中，您能理解我为何既赞扬又打压个体。正是世界倾轧个体，也正是我解放个体，并赋予他所有应得的权利。

征服者知道行动本身无用。唯一有用的行动，就是改造人与世界。我绝不会改造人，但必须"假装"这样做。因为斗争之路将我引向肉体。这备受屈辱的肉体仍是我唯一确定、赖以为生之物。肉体是我的故土，这就是为何我选择荒谬且空洞的努力，选择站在斗争的一方。正如前言，时代适逢其会。迄今为止，征服者的伟大体现在地理层面，其衡量标准是所征服的领土大小。如今，"伟大"一词改变语义，不再指得胜的将军，并非毫无来由。因为伟大已转变阵营，站在反抗与没有前途的牺牲一方。再次强调，此举绝非偏好失败，胜利固然可取，但胜利只有一种，那就是我定然不会拥有的永恒的胜利。当我遭遇它时，我决不退让。革命向来完成于反抗诸神之际，发端于现代征服者第一人——普罗米修斯。这是人类反抗命运的诉求：因穷困而起的反抗都只是借口而已。不过，我只能从人的历史行为中把握反抗精神，并汇聚其中。不要以为我仅满足于此：面对本质的矛盾，我更坚持作为人的矛盾。我在否定清醒的事物中建立起清醒，我在压垮人的事物面前颂扬人，而我的自由、反抗与激情则交汇在此种紧张、清醒与无休止的重复之中。

诚然，人是其自身的目的，且唯一的目的。若他想成为什么人，理应在此生达成。如今，我深以为然。征服者偶尔会谈及战胜与超越，但其言下之意始终是"超越自我"。各位深知这意味着什么。每个人都曾在某些时刻感到与神平起平坐，至少有人会这么说。那是因为人在闪念间感受到人类精神之惊世骇俗的伟大。征服者仅指那些充分感受到自身力量，确信能时刻生活在如此的高度，并全然意识到此种伟大之人。这或多或少是个概率问题。征服者感受到伟大的时刻居多，但当人竭尽全力时，征服者便会败下阵来。这就是为何征服者绝不离开人类的熔炉，而是投身于最炽热的革命灵魂之中。

征服者在那里发现残肢断臂，但也邂逅他们唯一珍视与钦佩的价值——人及其沉默。这既是他们的匮乏，亦是他们的富足。他们唯一的奢侈品就是人际关系。我们怎会意识不到，在这脆弱的世间，唯有饱含人性之物才具有更为深切的意义呢？紧绷的面孔，脆弱的手足之情，人与人之间深厚且纯洁的友谊，皆因短暂易逝而被视为真正的财富。置身其中的精神最能感受到自身的力量与局限，即其有效性。总有人谈到天赋，但天赋谈何容易，我更偏好智识。坦率地说，智识确有过人之处。它照亮并主宰这片荒漠，知晓自身的效用并加以发挥。它将与肉体同时死去。但它深谙此理，这便是其自由所在。

所有的教会都反对我们，对此我们无法视而不见。一颗如此紧绷的心灵逃避着永恒，而所有的教会，无论是神圣的还是政治的，皆标榜永恒。幸福与勇气、报应或正义，对教会来说都是次要目的，是教会提出的必须认同的教义。但这些教义或永恒与我无关。所谓的真实，是我所理解的、触手可及的、不可分割的事实。这就是为何各位不能以我为根基立论：征服者不曾拥有长久之物，甚至连同他的学说。

不管怎样，一切的尽头都是死亡。对此我们心知肚明，也明白死亡会终结一切。这就是为何那些遍布欧洲的、困扰诸人的墓园如此可怖。世人只会美化所爱之物，死亡则令人反感生厌。殊不知，死亡同样需要被征服。当卡拉拉家族的最后一任领主被威尼斯人围困在瘟疫肆虐的帕多瓦时，他在空荡的宫殿里来回踱步，召唤着魔鬼，但求一死。这是一种战胜死亡的方式。将死亡引以为荣之地变得如此丑陋不堪，这确是西方独有的勇气标志。在反抗者的世界里，死亡颂扬不公，它是最严重的渎职者。

另一些人也没有与死亡妥协，他们选择了永恒，进而揭露世间的虚幻。他们的墓园在鸟语花香间绽放。这一场景适合征服者，让他看清他所拒斥之物。相反的，征服者选择的是黑铁栅栏围成的坟墓或无名冢。最为良善的信仰永恒之人，目睹此番与死亡共存的景象，偶尔也会深陷于满怀敬重与怜悯的恐惧之中。然而，征服者却从中汲取力量与自身存在的正当性。我们的命运就摆在我们面前，我们要挑战的正是它。此种做法与其说是出于傲慢，毋宁说是出于对无甚意义的人类境况的认识。我们有时也会自怨自艾，这是我们唯一可以接受的怜悯：各位或许难以理解这种有失阳刚之气的情感。不过，我们当中最具胆识之人却深有体会。我们将清醒之人称为豪杰，力量应始终与清醒如影随形。

再次重申，以上列举的人物形象既非道德标杆，亦不涉及任何评判：他们只是图像，仅代表某种生命的形式。情人、演员或冒险家扮演荒谬的角色。若他们愿意，亦可扮演禁欲者、公职人员或共和国总统，只需知情且不遮掩即可。在意大利的博物馆里，不时能见到彩绘小屏风，从前的教士以此来遮挡死囚望向绞刑架的视线。各种形式的跳跃，涌向神或永恒的怀抱，沉溺于日常生活或观念的幻想，皆是遮挡荒谬的屏风。不过，还有些尚未被屏风遮挡视线的公职人员，我要谈的正是他们。

我选择的是最极端的例证。从这个角度来看，荒谬赋予了他们王权。诚然，他们都是无土之王。但他们比其他人更有优势：他们深知所有王权皆虚幻，"深知"便是他们的伟大之处，与其谈论深藏的不幸或幻灭的余烬无异于白费力气。被剥夺希望，并不等于绝望。人间的火焰抵得上天堂的芬芳。不论是我还是其他人，都无权在此评判他们。他们并不谋求过得更好，而是过得合乎逻辑。倘若"智者"一词指的是单凭自身所有而非奢望未有之物过活之人，那他们便是智者。无论是精神层面的征服者，还是意识领域的唐璜，抑或是智识上的演员，都比任何人更清楚这一事实："倘若世人将温驯可爱的小绵羊驯养到极致，他们就根本不配享有在人间与天堂的特权：他们充其量不过是一只可笑的、长着犄角的小绵羊而已——除非虚荣心作祟，否则也不会因摆出法官般的姿态而丑态毕露。"①

　　无论如何，必须以较为亲切的面孔来恢复荒谬的推理，以想象来增添更多困于时间与流放之中的面孔，他们知晓如何在既无未来亦无缺陷的世间生活。于是，这无神栖居的荒谬世界将充满思维清晰、不抱希望之人。而我还尚未谈到最荒谬的人物——创作者。

---

① 　引自尼采的《权利意志》。

荒谬的创作

哲学与小说

任何浸淫在荒谬的稀薄空气中的生命，若无某种深刻而恒久的思想为其灌注活力，必将难以为继。此处或许仅指某种独特的忠诚感。我们目睹有意识之人在最愚蠢的战争中完成各自的任务而不觉有异，恰是因为无法逃避。因此，承受世界的荒谬性会带来某种形而上的幸福感。征服或演戏，难以计数的爱，荒谬的反抗，这些都是人在注定落败的战役中对自己尊严的致敬。

这不过是遵守战斗规则的问题。此种思想足以滋养一种精神：它曾经并依然支撑整个文明。我们并不否定战争，必须与之共存亡。荒谬亦是如此：必须与其同呼吸、认清其教诲、重塑其血肉。就此而言，荒谬最典型的快乐，就是创作。"唯有艺术，再无其他。"尼采说，"艺术令我们不再为真理而死。"

在我力图通过多种方式描述与催生感受的经验中，可以肯定的是，某种痛苦的消失意味着新的痛苦的出现。幼稚地追求遗忘或诉诸满足，如今都无法引起共鸣。然而，人与世界之间的紧张态势，迫使人逆来顺受的谵妄，给人带来另一种狂热。在这个世界上，作品成为维持意识和定格冒险的不二机会。创作，就是活两次。普鲁斯特焦虑不安地摸索、探寻，事无巨细地描写鲜花、挂毯和恐惧，意义正在于此。与此同时，此种创作并不比演员、征服者以及所有荒谬之人终日从事的持续且宝贵的创作更具意义。所有人都绞尽脑汁地模仿、重复与重塑他们眼中的现实，而我们终将看清真实的样貌。对背离永恒之人而言，整个存在不过是戴着荒谬面具的过度模仿。创作，是伟大的模仿。

这些人首先是知道，其次是竭尽所能地探索、扩展与丰富这座新近登陆的前景黯淡的岛屿。但前提是知道。因为时间停滞于发现荒谬之际，世人恰逢其时地酝酿对未来的热情并使之合法化。即使是不闻福音之人，也有他们的橄榄山。即使是在他们的橄榄山上，也不应睡着 ①。对于荒谬之人来说，重要的不再是解释和解决，而是体验和描述。一切都始于清醒的冷漠。

---

① 耶路撒冷老城东部的一座山，因满山油橄榄树而得名。据《福音书》记载，耶稣在橄榄山上祷告时，其门徒却睡着了。

描述，正是荒谬思想的最后野心。科学也不例外，当其悖论到达顶峰时，便不再解决它，而是思考和描绘现象的原始景观。心灵由此明白，面对世界的万般样貌所产生的情感，并非源自其深度，而是其多样性。解释是徒劳的，感受却会留存，随之而来的是无穷无尽的宇宙无休无止的呼唤。世人因而理解艺术作品的重要性。

　　艺术作品同时标志着经验的消亡与繁衍。它单调却又充满激情地重复着世界早已编排好的主题：形体，即神庙三角楣上的群像；形式或色彩；数量或悲痛。即使在创作者宏伟而稚拙的宇宙中发现本文的主要议题，亦不可漠然视之。然而，若是在其中看到某种象征，以为艺术作品最终可作为荒谬的避难所，那就大错特错了。艺术作品本身就是荒谬的现象，它仅在描述荒谬，而非为精神的痛苦寻找出路。事实上，艺术作品是精神的痛苦反映在人之思想中的具象。它首次将精神带离自身，供人观摩，实非令精神迷失其间，而是向它清楚地指出所有人都已踏足的死胡同。在进行荒谬的推理之时，尾随冷漠与发现而来的是创作。创作标志着荒谬激情的爆发和荒谬推理的终止，其重要性在本文中可见一斑。

　　只消阐明创作者和思想家共同关注的几个议题，便足以在艺术作品中尽数找出与荒谬相关的思想矛盾。毕竟，与其说智者是因相同的结论而相投，毋宁说是因共有的矛盾而相近。思想和创作亦复如是。迫使人走向思考与创作的正是同样的折磨，对此毋庸赘言，正是同样的精神痛苦迫使人走向思考与创作，这也是二者起初不谋而合之处。然而，任何始于荒谬的思想，鲜有坚持下去者。也正因它们的偏离或不忠，我才得以准确地判断哪些真正属于荒谬。与此同时，我难免自问：荒谬作品是否存在呢？

　　世人一再强调艺术与哲学之间长久且武断的对立。若要吹毛求疵地去理解，此对立必然是错误的；若意在指明这两门学科各自独特的氛围，那无疑是正确的，但太过笼统。唯一可以接受的论点是囿于自身体系内的哲学家和站在自己作品面前的艺术家之间的矛盾，但这也仅限于论证某种次要的艺术和哲学形式。认为艺术脱离创作者的观念不仅过时，而且错误。有人指出，与艺术家相比，从未有哲学家创立过多个思想体系，但这就好比从未有艺术家曾以不同方式表达不止一种事物。艺术的瞬间完美性、艺术革新的必要性，这些才是真正的偏见。因为艺术作品也是一种建构，谁都知道伟大的创作者是何等的单调。艺术家如同思想家，投身于作品之中并借此实现自我。他们相互渗透影响，映射出最重要的美学命题。况且，对于深信精神目标一致之人来说，基于方法和对象的区分再徒劳不过。人类为理解和热爱而设定的学科之间无甚界限，它们交织重叠，融于共同的焦虑之中。

有必要提前说明这一点：要想创作出荒谬作品，就必须包含最清晰的思想。但与此同时，除了发号施令的智识之外，思想绝不能外显于作品之中。这一悖论可通过荒谬来解释。艺术作品诞生于智识对具体事物推理的放弃，标志着肉体的胜利。清醒的思想激发艺术作品，但又通过这一行为否定自身。思想不会屈服于在明知不正当的描述中增添更深层含义的诱惑。艺术作品只是间接地体现智识的悲剧。荒谬作品要求艺术家意识到此类局限，要求某种仅呈现具体本身的艺术。它不应是生命的目标、意义或慰藉。创作与否，都不会改变任何事实。荒谬创作者并不会执着于作品，他或许会放弃创作，有时甚至真的放弃了。兰波便是例证，只消一个阿比西尼亚 [①] 足矣。

在此亦可看出一条美学规则。真正的艺术作品总是符合人的尺度，大抵算作说得比较"少"的作品。艺术家的整体经验与反映它的作品之间存在某种关联性，例如，《威廉·梅斯特》反映出歌德成熟的阅历。假使作品将整体经验铺陈在某种花拳绣腿的解释文学之上，此种关联性便是糟糕的；假使作品仅撷取部分经验，如同切割钻石的某个刻面，辉映出超然的内在光彩，此种关联性便是绝佳的。前者承载过重，怀有对永恒的奢望；而后者富有深意，字里行间蕴含着宝贵的经验。荒谬艺术家的问题在于如何习得超越精湛技艺的处世之道。归根结底，濡染于此种氛围下的伟大艺术家首先应是伟大的生活家，他们明白，活在这

_____

① 法国天才诗人兰波在 19 岁时便放弃文学创作，30 岁时开始在阿比西尼亚（今埃塞俄比亚）从事军火走私生意。

世间不仅要思考，还要体验。作品因而体现出智识的悲剧。荒谬作品展现出思想对权威的拒斥，它甘愿化身为利用表象、以形象掩盖非理性之物的智识本身。假如世界清晰可见，艺术则荡然无存。

在此，我所谈的并非形式或色彩艺术，描述在其中独占鳌头，以谦逊的姿态大放异彩①。表达始于停止思考之时。神庙与博物馆里两眼空洞的少年②，其身姿讲述着哲学。对于荒谬之人而言，这比任何图书馆都更具教益。另一方面，音乐也不例外。倘若一门艺术丧失教育性，那必然是音乐。音乐与数学太过相似，前者无可避免地借用后者的天赋性。此种精神自娱的游戏遵照既定的、有节律的法则展现在我们这个声音

---

① 有趣的是，最具智识的绘画，即那些力求将现实简化为基本元素的绘画，到最后只剩下视觉的享受，仅留下世界的颜色。——原注
② 指雕塑。

空间里，而在这个空间之外，声音的振动则交汇在非人性的宇宙中。再没有比这更纯粹的感受了。上述例证都过于简单。荒谬之人将这些和谐与形式视若己出。

不过，我想在此谈论某类作品，它们难以抵挡解释的诱惑，幻象丛生，结论往往不可或缺：那就是小说创作。我要探讨的是荒谬能否在其中稳住脚跟。

思考，首先是想要创造一方世界（或是划定自我边界，这是一回事）。思考发端于人与其经验的根本分歧，旨在根据其怀旧精神，在共同基础之上找到一个由理性所架构或由类比所照亮的世界，从而应对难以承受的割裂感。即使如康德这样的哲学家也是创作者。哲学家自有其人物、象征、隐秘的行动与结论。相比之下，小说之所以胜过诗歌与散文——从表面上来看并非如此，仅因其代表着艺术的高度智识化。诚然，此处所谈的是最伟大的小说。一种文体的丰富性与重要性通常是由其中拙劣品的多寡来衡量的。成堆的蹩脚小说不应掩盖顶级小说的锋芒，后者恰恰承载着它们的宇宙。小说有其逻辑、推理、直觉和假设，并且要求条理清晰①。

我之前所谈的艺术与哲学之间的传统对立，在小说领域更是天方夜谭。此种对立适用于轻易将哲学与其创立者分离的时代。如今，当思想不再追求普适性，当最佳的思想史就是忏悔史时，我们明白，有价值的思想体系无法与其创立者分离。斯宾诺莎的《伦理学》一书，从某种角度来看，不过是冗长而严谨的内心独

---

① 仔细想想，这其实是拙劣小说的成因。几乎所有人都自以为有能力思考，而且就某种程度而言，遑论对错，他们的确在思考。相反，极少有人想象自己是诗人或作家。但自思想超越文体风格之时起，世人皆争先恐后地写起了小说。倒不是罪大恶极之事。最优秀的小说家会对自己更为严苛，而那些放任自流之人理应被淘汰。——原注

白。抽象思想最终融入承载它的肉体之中。同样的，肉体与激情的浪漫游戏更多地遵照世界观的要求而进行。小说不再讲述"故事"，而是创造世界。伟大的小说家都是哲学小说家，而非主题小说家，比如巴尔扎克、萨德、梅尔维尔、司汤达、陀思妥耶夫斯基、普鲁斯特、马尔罗、卡夫卡等人。

不过，他们选择依靠意象而非推理来写作，恰巧揭示了某种共通思想，即坚信任何解释原则皆徒劳无益，唯有真实可感的表象才极富教益。他们认为作品既是终点，也是起点。作品通常是尚未言明的哲学的产物，是对该哲学的阐释与加冕，唯以哲学作底色方能完整。作品最终证实了古老议题的变相说法：少量思考疏远生活，大量思考回归生活。思想无法升华现实，只能模仿现实。此处所谈的小说是既相对有限又取之不竭的认知工具，与对爱情的认知何其相似。小说对于爱情的创作既有最初的惊艳，又有反复的思虑。

这些至少是小说留给我的初始印象。不过，我在那些被贬低的思想巨人身上亦有同感，他们使我得以思考哲学性自杀。认识与描述带领他们共返幻觉之路的力量，正是我的兴趣所在。我将在此使用相同的方法，以此来缩短我的推理过程，及时概括总结具体案例。我想知道，人一旦接受毫无诉求的生活，是否也能接受毫无诉求的工作和创作，以及通往此类自由的道路何在。我想将幻影驱逐出我的世界，唯余无法否认的有血有肉的真实。我可以创作荒谬的作品，选择创造性的态度而非其他。然而，若要保持荒谬的态度，就必须意识到它的无动机性。作品亦然。倘若作品未恪守荒谬的戒律，未体现割裂和反抗，而是趋迎幻象、引燃希望，那么作品就不再是无动机的，我亦无法超脱于作品。或许，我能从中找到某种生活的意义，但却不足为道。作品不再是超脱与热情的操练场，仅用以消磨生命的光辉与徒劳。

在解释诱惑至上的创作中，我们能否克服这一诱惑？在现实世界的意识至上的虚构世界中，我们能否忠于荒谬、不屈从于论断的渴望？在最后的努力中，仍要面对诸多疑问。我们已然明白这些问题的意义何在。它们是意识最后的迟疑，恐因最终的幻觉而抛弃当初的艰难教诲。创作被视为意识到荒谬之人可能采取的一种态度，凡适用于创作之物，无不适用于他所拥有的各种生活方式。征服者或演员、创作者或唐璜也许会忘记：若没有意识到生活的荒唐，生活将步履维艰。世人极易习以为常。人们想要赚钱过上幸福的生活，于是所有的努力、最宝贵的年华都集中在赚钱上。幸福被抛诸脑后，手段沦为目的。无独有偶，征服者的所有努力都倾注于雄心壮志之上，但那也不过是追求更崇高的生命；唐璜同样会接受自己的命运，满足于唯有反抗方能彰显其伟大的存在。前者是意识，后者是反抗，在这两种情况下，荒谬都凭空消失了。人心之中有太多顽强的希望，有时就连最为超脱之人也不免接纳幻象。为寻求内心安宁而产生的认同与对存在的默许可谓殊途同归。于是，便有了金光闪闪的神祇和污泥满身的偶像。不过，重点是找到通往人之万千样貌的中间道路。

到目前为止，正是荒谬诉求的失败向我们表明何为荒谬。同样的，我们只消观察小说创作与某些哲学如出一辙的模棱两可之处。我选择一部涵盖所有荒谬意识元素的作品作为例证，该作品开门见山，风格明朗，结论亦发人深省。倘若荒谬未得到尊重，我们亦能看清幻象是如何乘虚而入的。一个具体案例、一个议题、一位创作者的忠诚，如此便已足够。同样的分析方法，前文已详细论述过。

我将探讨陀思妥耶夫斯基所钟爱的一个议题。我原本打算研究其他作品 [①]。但陀氏的作品，无论是思想高度还是情感取向，都直指问题所在，如同之前探讨过的存在主义思想。此种相似性正合我意。

---

①比如马尔罗的作品，但那就必须同时探讨社会问题。当然，荒谬思想无法回避社会问题（它甚至可以提出若干截然不同的解决方案）。不过，还是要有所取舍。——原注

基里洛夫

陀思妥耶夫斯基笔下的人物，无一不在探问生命的意义。他们的现代性就在于此：他们不惧怕冷嘲热讽。现代感性与古典感性的区别在于，前者以形而上问题为基础，后者则以道德问题为基础。在陀氏的小说中，只能通过极端方式来解决如此尖锐的问题：存在究竟是虚幻的，还是永恒的？假使陀思妥耶夫斯基仅满足于审视这一问题，那他将是位哲学家。然而，他指出这些精神游戏可能会给生命带来的种种后果，因此他是名艺术家。在这些后果之中，他最在意的是最后一种，亦即他本人在《作家日记》中所称的"逻辑性自杀"。事实上，在 1876 年 12 月出版的那册内容中，他便做出了"逻辑性自杀"的推论。绝望之人深信，对于不信仰永生之人来说，人的存在是彻头彻尾的荒谬，从而得出以下结论：

自从我提出关于幸福的问题以来，经由我的意识获致的回答是，除非与伟大的整体和谐相处，否则我不可能幸福。显然，我既无法设想，也永远无法设想这样的事情发生……

……既然最终呈现的是这种状况，我身兼原告和被告、被告和法官的角色；既然我发觉站在自然的角度编排的这场戏愚蠢至极，甚至我都觉得哪怕同意出演这出戏都有辱人格……

鉴于我作为原告和被告、法官和被告的无可指摘的身份，我要给如此厚颜无耻、让我生来就受苦的自然定罪——我判处它与我同归于尽。

这一立场不失幽默。自杀者之所以自杀，是因为在形而上层面，他被激怒了。从某种意义上讲，他在复仇。这是他证明我们无法"掌控他"的方式。不过，同样的议题在《群魔》中的人物基里洛夫身上得到了最具说服力的体现，他也是逻辑性自杀的拥护者。工程师基里洛夫曾宣称他想结束自己的生命，因为"这是他的想法"。显然，我们必须按字面意思来理解：他要为一个想法、一个念头而赴死。这是高级的自杀。随着故事情节的发展，基里洛夫的面具逐渐显露出来，驱使他走向死亡的思想也向我们铺陈开来。诚然，基里洛夫照搬了《作家日记》的推论。他认为上帝是必要的，上帝必须存在。但他知道上帝并不存在，也不可能存在。他高声呼喊道："你如何能不明白，这就是自杀的充分理由呢？"这种态度也为他招致了荒谬的后果。他冷漠地接受他的自杀被用来支持他所鄙视的立场。"我昨晚已下定决心，这对我来说无所谓了。"他在夹杂着反抗与自由的情感中摆好自杀的姿态。"我用自杀来捍卫我的反抗、我全新且骇人的自由。"重点不再是复仇，而是反抗。因此，基里洛夫是个荒谬人物，但对自杀这一点有所保留。他自己解释了这一矛盾，并由此揭示了荒谬最纯粹的秘密。事实上，他在自杀的逻辑中加入了非凡的野心，赋予角色全然的视角：他决意自杀，以便成为神。

他的推理具有古典的明晰性。倘若上帝不存在，基里洛夫就是神。倘若上帝不存在，基里洛夫就必须自杀。因此，基里洛夫必须自杀以便成为神。这一逻辑是荒谬的，但理应如此。不过，有趣之处在于赋予重返人间的神性以某种意义。这无异于阐明"倘若上帝不存在，我就是神"这一隐晦不清的前提。首先必须指出，扬言要做出疯狂举动之人委实属于这个世界。他每天早晨都做体操以保持健康的体魄，他因沙托夫与妻子的重逢而感到喜悦，他想在遗书上画张朝"他们"吐舌头的鬼脸。他童心未泯、愤愤不平、热情洋溢、有条不紊又多愁善感。他在逻辑和既定观念方面异于常人，又在其他方面与常人无异。正是这样一个人，泰然自若地谈论着自己的神性。他没有疯，即使疯了，也是陀思妥耶夫斯基疯了。如此看来，驱使他的并非狂妄自大的幻觉。此外，若从字面意义上去理解这些话属实荒谬。

　　基里洛夫本人出面帮助我们理解了这一点。针对斯塔夫罗金提出的问题，他明确表示自己所谈的并非神人。我们或许会认为，此举意在有别于基督。但事实上，他将基督纳入其中。基里洛夫一度想象，耶稣死后并未在天堂醒来。于是，祂明白自己所受的折磨全然徒劳。基里洛夫说："自然法则使基督活在谎言之中，并为谎言而死。"仅从这个意义来看，耶稣完美地诠释了人的悲剧。耶稣是位完人，祂实现了最为荒谬的境况。祂并非神人，而是人神。我们每个人都有可能像耶稣一样被钉十字架、被欺骗——从某种程度来看已然如此。

此处所谈的神性全然属于尘世。基里洛夫说："三年来，我一直在寻找我的神性，现在我找到了。我的神性，就是独立。"我们由此洞见了基里洛夫所设前提的意涵："倘若上帝不存在，我就是神。"成为神，仅仅意味着自由地活在尘世，而不必侍奉某位不朽的存在。当然，最重要的是从这种痛苦的独立中得出的所有推论。倘若上帝存在，一切皆取决于祂，我们无法违背祂的意愿。倘若上帝不存在，一切皆取决于我们。对基里洛夫和尼采来说，杀死上帝，就是成为神本身，也就是在尘世实现了《福音书》中所说的永生[①]。

然而，假使形而上的弑神之罪足以满足人的需求，为何还要自杀呢？为何要在赢得自由后自寻短见、离开这个世界呢？这是不合逻辑的。基里洛夫对此心知肚明，补充道："如果你明白这个道理，你便是沙皇，不仅不会轻生，还会活在荣耀的顶峰。"但人对此一无所知，他们不明白"这个道理"。如同在普罗米修斯的时代，人类怀着盲目的希望[②]。他们需

[①] 斯塔夫罗金："您相信彼岸有永生吗？"基里洛夫："不，我相信此世有永生。"——原注

[②] "人创造上帝仅是为了避免自戕。这是对迄今为止的人类历史的总结。"——陀思妥耶夫斯基《群魔》

要有人为其指明道路，需要布道为其保驾护航。于是，出于对人类的爱，基里洛夫必须自杀。他必须为手足同胞指出一条坎坷但光明的道路，而他将是踏上这条道路的第一人。这是以身作则式的自杀。基里洛夫牺牲了自己。不过，即使他被钉十字架，他也没有被欺骗。他依旧是人神，坚信没有未来的死亡，充满福音派的忧伤。他说："我是个不幸之人，因为我有义务去证明我的自由。"但他的死最终换来人的开悟，沙皇在世间繁衍生息，人性的光辉普照大地。基里洛夫的那声枪响，成为最终革命的信号。由此可见，将其推向死亡的并非绝望，而是同袍之爱。在血泊中结束这场难以言喻的精神冒险之前，基里洛夫说出那句与人类苦难同样久远的话："一切皆善。"

陀思妥耶夫斯基笔下的自杀议题确为荒谬议题。在进一步探讨之前，我们注意到，基里洛夫穿梭于其他角色之中，这些角色又引发新的荒谬议题。斯塔夫罗金和伊万·卡拉马佐夫在现实生活中践行着荒谬的真理。正是基里洛夫之死解放了他们。他们试图成为沙皇。斯塔夫罗金过着我们都知道的"讽刺"的生活，他激起周遭人的怨恨。然而，该人物的关键词却出现在其绝笔信中："我无法憎恨任何东西。"他因冷漠而成为沙皇。伊万也不例外，他拒绝放弃精神的至高权利。对于那些像他弟弟一样用生命证明必须奴颜婢膝才能信神之人，伊万或许会说，这种境况是可耻的。他的关键词是带有些许悲伤色彩的"万事皆允"。当然，伊万也像最负盛名的弑神者尼采一样，最终以疯癫收场。但这是值得冒的风险，面对如此悲惨的结局，荒谬精神的本能反应就是问："这能证明什么呢？"

因此，诸如《作家日记》之类的小说都提出了荒谬问题。它们为死亡、狂热、"骇人的"自由、沙皇荣耀的人性化建立起逻辑。一切皆善，万事皆允，无可憎恨之物：这些都是荒谬的论断。如此的创作何等惊世骇俗，经历冰火淬炼的人物又何等熟悉！他们内心深处轰然作响的、由冷漠所主导的热情世界，在我们看来毫不可怖。我们在其中窥见日常生活的焦虑。毫无疑问，没有人能够像陀思妥耶夫斯基那样，赋予荒谬世界如此贴近人心、摧残人心的魅力。

不过，他的结论是什么呢？以下两段引文将展示作者在形而上的彻底转变，并由此引出其他启示。评论家对逻辑性自杀的推理提出若干异议，陀思妥耶夫斯基则在后续出版的《作家日记》中表明个人立场，并做出如下结论："倘若永生的信仰对人来说举足轻重（以至于没有它，人就会走上绝路），那是因为它是人性的常态。既然如此，人类灵魂的永生定然存在。"另一段引文出现在他最后一部小说的结尾处，当这场与上帝的殊死搏斗接近尾声时，孩子们问阿廖沙："卡拉马佐夫，宗教所说的都是真的吗？我们会死而复生吗？我们会再相见吗？"阿廖沙回答道："当然，我们会再相见，我们会对过往畅所欲言。"

就这样，基里洛夫、斯塔夫罗金和伊万都被打败了。《卡拉马佐夫兄弟》回应了《群魔》。这就是结论。阿廖沙这个人物并不像梅什金公爵①那般捉摸不定。患病的梅什金公爵活在永恒的当下，脸上泛着微笑与淡漠，此种至福者的状态或许就是公爵所说的永生。阿廖沙则不然，他明确指出："我们会再相见。"自杀和疯狂不再成为问题。对于笃信永生与至乐之人而言，自杀和疯狂又有何意义？人用神性来换取幸

---

①陀思妥耶夫斯基的小说《白痴》中的人物，患有癫痫症。

福。"我们会对过往畅所欲言。"于是，基里洛夫扣动扳机，枪声回荡在俄罗斯的某个角落，世界却继续抱持着盲目的希望滚滚向前。人还是不明白"那个道理"。

如此看来，与我们交谈的并非荒谬小说家，而是存在主义小说家。在此，跳跃极具感染力，赋予启迪它的艺术以崇高的意义。那是一种混杂着疑虑、不确定与热情的令人动容的认同。陀思妥耶夫斯基在谈及《卡拉马佐夫兄弟》时写道："这本书所要探讨的主要问题，正是我一生中自觉或不自觉地为之苦恼的问题，即上帝是否存在。"很难相信，单凭一部小说就足以将毕生的痛苦转化为确然的喜悦。评论家鲍里斯·德·施洛策一针见血地指出，陀思妥耶夫斯基与伊万血肉相融——在《卡拉马佐夫兄弟》中，陀氏经过三个月的努力才承认上帝的存在，而他所谓的"渎神"篇章，则是在激昂的精神状态下用三周写就的。

他笔下的人物，无一不是芒刺在背，无一不是在感官享乐或伤风败俗中遍寻良方①。不管怎样，还是暂且持怀疑态度吧。这部明暗交织比白昼之光更扣人心弦的作品，让我们看到人与希望之间的斗争。创作者最终选择与笔下的人物背道而驰。这一矛盾使我们得以窥见细微差别。这不是一部荒谬作品，而是一部提出荒谬问题的作品。

陀思妥耶夫斯基的回答是谦卑，按照斯塔夫罗金的说法是"耻辱"。事实上，荒谬作品并不会提供答案，这是两者的根本区别。最后还要注意一点：在这部作品中，与荒谬背道而驰的并非基督教底色，而是对来世的宣告。一个人既可以是基督徒，也可以是荒谬之人。毕竟基督徒不笃信来世的例子比比皆是。至

①纪德的评论既深刻又有趣：陀思妥耶夫斯基笔下的主人公几乎都是脚踏几条船。——原注

于艺术作品，前文已进行探讨，它们能够指明荒谬分析的方向，提出"《福音书》的荒谬"，阐明具有广泛影响力的观点，即信仰并不能阻止对神的怀疑。虽然《群魔》的作者对此驾轻就熟，但他最终选择了一条截然相反的道路。创作者对其笔下人物的惊人回答，如陀思妥耶夫斯基对基里洛夫的回答可概述如下：存在既是虚幻的，亦是永恒的。

稍纵即逝的创作

走笔至此，我明白永远无法回避希望，它甚至会纠缠那些意欲摆脱希望之人。这是我对迄今为止所谈论作品的兴趣所在。至少在创作领域，我可以列举几部真正的荒谬作品[①]。但凡事皆有开端。本文的研究目标是某种忠诚。教会之所以对异端赶尽杀绝，是

––––––––––––––

① 例如，麦尔维尔的《白鲸记》。——原注

因为在教会看来，再没有比迷途的孩子更可怕的敌人了。然而，诺斯替教派①的英勇历史与摩尼教②思潮的源远流长，对正统教义的建构所做的贡献，远胜于所有祷告。相较而言，荒谬亦是如此。通过发现偏离荒谬的道路，人们得以看清荒谬的道路。荒谬的推理进行到最后，却在受其逻辑支配的态度中，再度望见希望那张楚楚动人的面孔侧身其间，这可就不容小觑了。这表明荒谬苦行之艰难，尤其说明维持意识之必要性，同时契合本文的总体框架。

倘若现在列举荒谬作品还为时过早，至少可以就某种使荒谬存在得以完整的创作态度得出结论。唯有消极思想才能更好地为艺术服务。晦涩且谦卑的创作

①强调个人的"灵知"高于正统教义、传统和宗教机构的权威，被早期教会斥为威胁最大的异端。
②宣扬二元宇宙论，强调光明世界与黑暗世界之间的斗争，曾在东方世界传播甚广。

过程之于领受伟大作品的内涵，如同黑色之于白色那般不可或缺。"徒劳无益"的工作和创作，用黏土进行雕刻，明知创作前景黯淡，目睹作品顷刻间毁于一旦，但同时深刻地意识到，传世之作也不见得更显重要，此为荒谬思想所赞许的艰深智慧。同时执行两项任务：一面否定，另一面赞扬，这是摆在荒谬创作者眼前的道路。他必须还虚空以颜色。

由此引出艺术作品的一种特殊概念。世人通常将创作者的作品视为一系列的孤证，因而将艺术家与文学家混为一谈。深刻的思想不断变化生成，与生活阅历相长，并在其中塑造成型。同样的，一个人的独特创作也会在其作品的连续性和多面性中得到加强。作品之间相互补充、修正、超越，有时也会相互抵触。倘若确有终结创作之物，那绝非盲目的艺术家发出的胜利而虚幻的呐喊——"该说的我都说了"，而是封锁创作者的经验，合起天才书卷的死亡。

　　读者未必能看出这份努力、这种超人的意识。人的创作毫无奥妙可言。意志缔造奇迹。但至少，没有秘密就没有真正的创作。诚然，一系列作品可能只是同一思想的一系列近似产物。但可以设想另一类创作者，他们通过并列法来创作。他们的作品看似风马牛不相及，甚至在某种程度上自相矛盾。但若整体观之，则错落有致。作品从死亡中获得终极意义，又从作者的生命本身接收最耀眼的光芒。临终之际，他的一系列作品不过是一系列的失败。然而，假如这些失败保留着同样的共鸣，创作者便能重现自身境况的图景，使其掌握的贫瘠的秘密产生回响。

　　在此，须为统治付诸巨大的努力，但人的智识足以胜任。智识仅表明创作的意愿。我曾在别处指出，人类意志的唯一目的在于维持意识，但非纪律无以达至。在所有传授耐性与清醒的流派中，创作一派最具成效。创作亦是人类唯一尊严的感人见证：对人类境况的负隅顽抗，对枉费心力的持之以恒。创作需要日复一日的努力、自制力、对真实界限的精准判断、分寸感与力道。创作是种苦行。这一切皆"徒劳无益"，只为一再重复和原地踏步。不过，或许重要的并非伟大的艺术作品本身，而是它对人的考验，以及它为人提供的机会：战胜内心的鬼魅，更加接近赤裸裸的真实。

请各位不要产生美学上的误解。我在此并非对议题进行抽丝剥茧式的、喋喋不休的、毫无建树的阐释。假如我解释得足够清楚，情况恰好相反。主题式小说、证明类著作是最令人憎恶的作品，其灵感往往来自某种自鸣得意的思想。人们自以为掌握真理，就要证明真理。但人们提出的是想法，而想法是思想的对立面。这样的创作者是可耻的哲学家。相反的，我所谈论或设想的创作者是清醒的思想家。在思想反躬自省的某一时刻，他们树立起作品的形象，如同描绘某种受限、致命和反叛思想的具象。

这些作品或许会证明一二。但这些证明是小说家为自己而非为整个世界提供的。最重要的是，小说家在具体事物中取胜，这才是他们的伟大之处。此种全然肉体的胜利以某种贬低抽象权力的思想做后盾。当抽象权力被彻底贬低时，肉体同时也使创作焕发出荒谬的光芒。具有讽刺意味的哲学方能创作出热情洋溢的作品。

任何摒弃一致性的思想都会而颂扬多样性，而多样性正是艺术的场域。唯一能解放精神的思想，就是让精神独处、确定其局限性与终局的思想。任何学说都无法撼动精神，它在等待作品与生命的成熟。作品一旦脱离精神，人将再次听到永失希望的灵魂发出的振聋发聩之声。抑或是创作者厌倦了这场游戏，决意转身离开，作品就此喑哑无声。这两者并无二致。

因此，我对荒谬创作的要求，一如我对思想的要求：反抗、自由和多样性。接下来，荒谬创作将呈现其深刻的无用性。在智识和激情水乳交融、交相辉映的每日努力中，荒谬之人发现了一套构成其核心力量的法则——专注、执着、远见，再加上征服者的态度。创作，就是塑造命运的形态。对于人物角色来说，作品在定义他们的同时也被他们定义。演员教导我们：表象与本质之间，并没有明确的界限。

再次重申，这一切都没有实际意义。在通往自由的道路上，仍有改进的余地。对于这些相似的精神，无论是创作者还是征服者，最后的努力是知晓如何摆脱各自的事业：设法接受作品本身，无论是征服、爱，还是创作，或许并不存在，从而领略到个体生命深刻的无用性。这使得他们更加从容地完成作品，如同窥见生命的荒谬性，就能让他们义无反顾地投入其中。

余下的，就是人终有一死的命运。除了死亡这独一无二的宿命之外，不论是快乐或幸福，一切皆是自由。世界依旧存在，人依旧是唯一的主宰。曾经羁绊人的，是对另一个世界的幻想。如今人的思想命运不再是自暴自弃，而是在意象中重整旗鼓。思想嬉游于神话之中，但却是仅呈现人类痛苦的神话，人类痛苦取之不尽，神话便用之不竭。此非既有趣又盲目的诸神寓言，而是尘世的面孔、姿态和戏剧，其中蕴含着某种艰深的智慧与稍纵即逝的激情。

西西弗神话

众神责罚西西弗，命其永无止境地推着一块巨石上山，到达山顶之后，巨石又因自身的重量滚落山下。众神有理由认为，再没有比徒劳无益、无甚希望的劳作更可怕的惩罚了。

据荷马所述，西西弗是最聪明、最谨慎的凡人。然而，根据其他传说，他专干打家劫舍的勾当。我认为这并不矛盾。至于他为何被打入地狱做着无用的差事，坊间众说纷纭。有一种说法是他冒犯众神，泄露天机。河神阿索波斯的女儿埃癸娜被朱庇特掳走。父亲惊闻女儿失踪，于是向西西弗诉苦。知晓内情的西西弗向阿索波斯提出交换条件，只要他赐水给科林斯城，便向他道出事情原委。比起天降雨露，西西弗更愿意接受赐水的恩典。他因而被贬入冥界受罚。荷马还提到，西西弗曾用锁链捆住死神。冥王普鲁托无法忍受冥府萧瑟寂寥的景象，于是派遣战神将死神从这位征服者手中解救出来。

　　还有一种说法，西西弗在临死前，鲁莽地想要试探妻子对他的爱。他嘱咐妻子不要安葬他，将他的尸首扔到广场中央。西西弗在冥界醒来，他对妻子唯命是从但罔顾人情的做法感到怒不可遏，于是在普鲁托的准许下，重返人间惩罚他的妻子。但当他再次目睹尘世的样貌，感受过水与阳光、温暖的石头与大海之后，他再也不愿回到那阴冷的地狱。催促、怒火和警告均无济于事。他住在海湾边，面对波光粼粼的大海和陆地的欢声笑语，度过了许多年。众神必须出手制止。信使墨丘利前来逮捕这位大胆狂徒，把他从欢乐中带走，强行将他拉回地狱，巨石已在那里等候多时。

我们已经知道，西西弗是位荒谬英雄，既因他的激情，也因他遭受的折磨。对众神的蔑视、对死亡的憎恨、对生命的热情，都为他招致难以言喻的酷刑，注定一生劳作却一事无成。这是他为尘世的热爱所必须付出的代价。没有人告诉我们西西弗在冥界的经历。神话是为想象力而生的，并靠想象力为其注入生命。在这则神话中，人们只看到一具紧绷的躯体使出浑身解数扛起巨石，滚动它，将它推至山顶，如此循环往复；人们看到一张扭曲的脸，脸颊紧贴着石头，肩膀扛着布满泥土的巨石，脚楔住地，双臂再次向前推举，沾满泥土的双手满是笃定。在虚无缥缈的时空中，经过漫长的努力，他终于抵达山顶。然而西西弗眼见着巨石在顷刻间冲向山下的世界，而他必须再次推石上山。他又朝山下走去。

正是这段回程、这片刻的停歇，使我对西西弗产生兴趣。那张奋力紧贴石头的脸已经化作石头本身！我看到他迈着沉重但稳健的步伐，走向不知何处是尽头的折磨。这喘息般的时刻，如同其不幸一般定会卷土重来，这便是意识觉醒的时刻。每逢他离开山顶、一步步走向众神的居所之时，他都超越了自身的命运。他比他的巨石还要坚硬。

倘若这则神话是个悲剧，那是因为其主人公是有意识之人。倘若成功的希望支撑着他迈出每一步，那他的苦难又在何处？如今的工人，日复一日地做着同样的工作，此般命运同样荒谬。但唯有在他意识到这荒谬的罕见时刻，其悲剧性才彰显无遗。西西弗，众神世界的无产者，势单力薄的反抗者，他全然知晓自己的悲惨处境：这正是他在下山时所思考之事。清醒在为其招致痛苦的同时，也为其胜利加冕。没有蔑视战胜不了的命运。

如果说下山的路程有时伴随着痛苦，但有时也洋溢着喜悦。"喜悦"一词并不夸张。我继续想象西西弗再次朝巨石走去，而痛苦才刚刚开始。当尘世的景象强烈地占据回忆，当幸福的呼唤变得迫在眉睫，悲伤就会涌上心头：这是巨石的胜利，这是巨石本身。巨大的悲痛是难以承受之重。这是我们的客西马尼 ① 之夜。不过，残酷的真相一经承认，就会消亡。俄狄浦斯便是如此，他起初听从命运的安排而不自知。但

———————

① 位于耶路撒冷的橄榄山下，耶稣被钉死在十字架上的前夜，曾与其门徒前往此处祷告。

从他知道的那一刻起，他的悲剧便开始了。与此同时，在双目失明、万念俱灰之际，他意识到自己与世界的唯一纽带，是一位少女冰冷的手。此刻，震撼人心的话语响起："尽管历经千难万险，但迟暮之年与灵魂的高尚使我认为：一切皆善。"索福克勒斯笔下的俄狄浦斯，如同陀思妥耶夫斯基笔下的基里洛夫，道出了荒谬胜利的真义。古老的智慧与现代的英雄气概不谋而合。

倘若不是试图写就某类幸福指南，就不会发现荒谬。"什么！通过如此狭窄的道路？……"毕竟只有一个世界。幸福与荒谬是同一片土地的两个儿子，它们形影不离。错误的是认为幸福必然来自荒谬。荒谬感也可能来自幸福。"我认为一切皆善。"俄狄浦斯的这句话是神圣的，回荡在既凶险又受限的人类宇宙中。它告诉我们，一切尚未也从未穷尽。它将心怀不满、嗜爱无用之苦的神从这个世界驱逐出去。它把命运变成人所裁决之事，必须靠人自己去解决。

西西弗无声的喜悦皆在于此。他的命运属于他自己。他的巨石是他的事。同样的，当荒谬之人凝视自身的痛苦时，亦会让所有的偶像噤声。宇宙瞬间归于寂静，大地响起万千微弱的惊叹声。无意识而隐秘的呼唤，无数张面孔的邀约，都是胜利必不可少的对立面和代价。有阳光必然有阴影，必须认识黑夜。荒谬之人表示赞同，他的努力将永不停歇。如果存在个人的命运，便不存在更高层次的命运，抑或即使存在，也不过是他眼中无可奈何的、可鄙的命运。至于其他方面，他知道自己是岁月的主人。在人回顾自己生命的微妙时刻，就像西西弗回到巨石旁，思忖着这一连串毫不相关的行为，这些行为成为他的命运，由他所创造，在记忆中串联起来，并很快被他的死亡所封存。因此，他坚信一切人性之物皆起源于人，他是渴望看见的盲人，尽管知道黑夜没有尽头，但他依旧在前行。巨石依旧在滚动。

我就把西西弗留在山脚下吧！人总能找到自己的巨石。但西西弗教导我们，对荒谬的至高忠诚是否定众神，扛起巨石。他也认为一切皆善。在他看来，这个此后再无主宰的宇宙既不贫瘠，亦不徒劳。这块巨石的每颗沙砾，这座黑夜笼罩的山峰上的每块矿石，本就是一个世界。通往山顶的这场斗争本身，就足以充实人心。应当想象西西弗是幸福的。

附　录

弗朗茨·卡夫卡
作品中的希望与荒谬

　　卡夫卡作品的艺术性，就在于使读者一读再读。其作品结局，抑或没有结局的结局，暗含着晦涩不明的解释，必须通过全新的视角重读故事，才能得出有理有据的解释；有时，甚至存在着双重解读的可能性，因此有必要阅读两次。这正是作者的写作意图。不过，倘若事无巨细地解读卡夫卡的作品，恐怕有失作者的本意。象征向来具有概括性，无论诠释得如何贴切，艺术家也只能重现象征的运用，无法逐字逐句地寻求对应。况且，再没有比象征性作品更难领会的了。象征总是超越其创作者，所真实呈现之物要远超于创作者意欲表达之物。有鉴于此，把握象征最可靠的方式是不去挑起它，不要心怀成见地阅读作品，更不去深究其隐秘的思潮。尤其是面对卡夫卡的作品，最坦诚的做法是接受其游戏规则，由表象观其戏剧，由形式观其小说。

对于走马观花的读者而言，卡夫卡的作品乍看之下都是惊心动魄的冒险，惶惑且固执的人物被卷入前所未有的问题之中。《审判》(*Le Procès*) 的主人公约瑟夫·K 被起诉，但他不知缘何被起诉。他无疑想为自己辩护，但又不知要辩护什么。律师们觉得他的案子很棘手。在等待审判期间，他没有忘记谈情说爱、吃饭和读报。随后，他接受审判。但法庭上光线昏暗，他搞不清楚状况。他只假定自己被判刑，但至于是何种罪名，并没有细想。有时，他也心生疑窦，但还是继续生活。过了很久，两位衣冠楚楚、彬彬有礼的绅士找到他，请他跟他们走一趟。他们谦恭有礼地将他带至荒郊野岭，将他的脑袋按在石头上，割开他的喉咙。临死之前，被行刑者只吐出一句："真像一条狗。"

由此可见，在最显著的优点莫过于自然的叙事作品中，很难谈及象征，但自然是极难理解的概念。读者认为有些作品中事件的发生自然而然，而在其他作品当中（的确更为罕见），则是人物认为发生在自己身上的事件均理所当然。借由如此奇特但明显的矛盾，人物的经历愈是离奇，其叙事就愈显自然：人物生活的怪异感与他坦然接受生活之间的差距成正比。这就是卡夫卡笔下的自然，也正是《审判》的写作意图。有人由此谈到人类境况的图景，这种说法有一定道理，但事实要更简单，同时也更复杂。我的意思是，这部小说的意义更独特，也更具卡夫卡风格。在某种程度上，他是叙述者，尽管他在对我们忏悔。他活着，他也被判刑。他从小说一开始就得知此事，并在世间继续这种生活，即使他试图改变这种状况，倒也不足为奇。他从未因平静如水而感到惊奇。正是这些矛盾使我们看出荒谬作品的端倪。人将其精神悲剧投射到具体事物之中，而他只能通过永恒的悖论来实现这一点，即用色彩来表达虚空，用日常行动来诠释永恒的雄心。

同样的，《城堡》（*Le Château*）或许是行动的神学，但它首先是一个灵魂寻求恩典，一个男人向世间万物索要其庄严的秘密、向女人探问沉睡在其体内的神迹的个体历险。相反的，《变形记》（*La Métamorphose*）无疑代表着某种清醒伦理所衍生出的恐怖意象，亦呈现出人类不费吹灰之力就变成昆虫时的那份无法估量的惊诧。卡夫卡的秘密就在于这种根本的模棱两可之中。自然与怪异、个体与普遍、悲剧与日常、荒谬和逻辑之间的永恒摇摆贯穿他的作品始终，使作品既引发共鸣，又富有教益。要想理解荒谬作品，必须列举矛盾、强化冲突。

事实上，象征指涉两个层面，即理念世界和感官世界，以及一本沟通这两个世界的词典。其中，最难编写的是词汇表。不过，意识到这两个世界的存在，也就意味着踏上通往双方隐秘关系的道路。卡夫卡作品中的两个世界，一方是日常生活，另一方是超自然的焦虑①。我们似乎又听到尼采那句被引用无数次的话："重大问题就在街头巷尾。"

———————————

① 应当指出，卡夫卡的作品同样可以从社会批判的视角来解读（例如《审判》一书）。或许根本无须做选择，两种诠释方式都有道理。从荒谬的视角来看，正如前文所提，对人的反抗同样也是对上帝的反抗：伟大的革命向来是形而上的。——原注

人的境况（这是所有文学作品关注的焦点）之中，既存在根本的荒谬性，也存在无法撼动的崇高性。二者理所当然地共存。再次重申，二者都体现在使放荡不羁的灵魂与终将消逝的肉体欢愉分道扬镳的可笑割裂感之中。荒谬就是肉体的灵魂凌驾于肉体本身。若要呈现这种荒谬性，就必须通过平行对照的游戏赋予其生命。这就是卡夫卡以日常表达悲剧、以逻辑表达荒谬的方式。

演员若要演好悲剧角色，就必须克制自己的表演。他愈有分寸感，他所激起的恐惧就愈骇人。希腊悲剧在这方面的例子不胜枚举。在悲剧作品中，透过逻辑与自然的面孔，我们更能感受到命运的存在。俄狄浦斯的命运是提前宣告的，他受到超自然力量的支配，将犯下弑父娶母的罪行。整出悲剧旨在通过一步步的演绎，最终呈现出导致主人公不幸的逻辑体系。毕竟，仅仅向我们宣告这罕见的命运并无可怖之处，乍听上去甚至匪夷所思，但若通过日常生活、社会、国家和熟悉感向我们展示其必然性，恐怖则深入骨髓。人在惊恐不安地喊出"这不可能"的反抗之时，实则已绝望地确认"这是可能的"。

希腊悲剧的全部秘密皆在于此，或者至少是其中一个方面。因为还有另一个方面，即通过相反的方法，使我们更好地理解卡夫卡。人心有种吊诡的倾向，只把压垮它的东西称为命运。然而，幸福也是毫无缘由、无法阻挡的。当现代人注意到幸福时，就会把幸福归功于自己。相反的，希腊悲剧中备受命运眷顾的宠儿和传奇人物，诸如尤利西斯，都是在濒临绝境时解救自我，这一点值得深思。

总之，我们必须牢记将逻辑、日常与悲剧相结合的隐秘关系。这就是为何《变形记》的主人公萨姆沙是一名旅行推销员；这就是为何在他变成甲虫的离奇冒险中，唯一困扰他的是他的老板会因他旷工而不悦。他的身体长出虫腿和触角，脊背拱起，腹部布满白色斑点——我并不是说这不会让他感到惊讶，因为这样会破坏效果，但这确实让他"略感烦恼"。卡夫卡作品的艺术性就在于这种细微差别。在他的代表作《城堡》中，日常生活的细节占据了大量篇幅，在这部古怪的小说中，一切都没有结束，一切都在重新开始，所表现的是灵魂寻求恩典的关键历程。这种将问题转化为行动、将普遍和特殊相结合的做法，见之于任何伟大的创作者的技巧之中。《审判》的主人公原可以叫施密特或弗朗茨·卡夫卡，但他叫约瑟夫·K。他不是卡夫卡，却又是卡夫卡。他和其他人一样，是一个普通的欧洲人。K 的实体正是肉体方程式中的未知数 X。

同样的，如果卡夫卡想要表达荒谬，他就会使用一致性。我们都听过疯子在浴缸里钓鱼的故事，一名自认为对精神病治疗颇有建树的医生问他："鱼上钩了吗？"结果疯子严肃地回答道："当然没有，你这个白痴，这可是个浴缸。"这是个夸张的故事，但我们能清楚地捕捉到荒谬效果与逻辑滥用之间的紧密联系。卡夫卡的世界实际上是一个难以名状的世界，人拥有在浴缸里钓鱼这种深受折磨的奢侈，却也明白什么都钓不上来。

　　因此，我看到的是一部原则上属于荒谬的作品。以《审判》为例，可以说这部作品十分成功。肉体取得了胜利。小说要素齐全，无论是无言的反抗（但正是反抗在书写），还是清晰而喑哑的绝望（但正是绝望在创作），抑或是小说人物临死前仍表现出的令人讶异的自由姿态。

然而，这个世界并非如看起来那般封闭。在这个毫无进展的世界中，卡夫卡将以一种奇特的形式引入希望。就此而言，《审判》和《城堡》方向不同，但互为补充。我们可以察觉到由此及彼的细微进展，表现出逃避的势如破竹。《审判》所提出的问题，《城堡》在某种程度上已解决。前者用近乎科学的方法进行描述，但不做结论；后者则在某种程度上加以解释。《审判》诊断病情，《城堡》则开出药方。然而，这药方无法使人痊愈，不过使疾病回归正常生活，并帮助人接纳疾病。从某种意义上讲（这使人联想到克尔凯郭尔），它甚至让人珍视这疾病。除了啃噬他的焦虑之外，土地测量员 K 想象不出其他焦虑。他周遭的人都沉迷于这种空虚与难以名状的痛苦，仿佛苦难在此别具尊荣。"我多么需要你呀，"弗丽达对 K 说，"自从我认识你之后，只要你不在我身边，我就感觉被抛弃了。"这微妙的药方竟使我们爱上压垮我们的东西，竟使毫无出路的世界燃起希望，这种突然的"跳跃"改变了一切，这正是存在主义革命与《城堡》一书的秘密所在。

鲜有作品比《城堡》的故事推进更严谨。K受聘为城堡的土地测量员，因而来到村庄。但是从村庄到城堡却无路可行。在数百页的篇幅中，K固执地寻找通往城堡的道路，他绞尽脑汁、用尽各种计谋与手段，从不气馁，抱着令人费解的信念，定要就任委托给他的职位。每一章都是失败，同时也是新的开始。这并非逻辑，而是坚持不懈的精神。正是他的固执造就了这部作品的悲剧性。当K给城堡打电话时，听筒里传来嘈杂的声音、隐约的笑声和远方的呼唤。这足以滋养他的希望，如同燥热夏日天空中出现的闪电，抑或是使我们有理由活下去的晚间祷告。卡夫卡特有的忧郁的秘密就在于此。事实上，在普鲁斯特的作品或普罗提诺的认知中亦可感受到同样的忧郁：对失乐园的怀念。奥尔加说："当巴纳巴斯早上告诉我他要去城堡时，我登时变得很忧伤：很有可能是白跑一趟，很有可能是虚度一天，很有可能是希望落空。"卡夫卡将整部作品押在"很有可能"这一细微差别上，但却无济于事，无非是亦步亦趋地追寻永恒罢了。卡夫卡笔下这些受到启发的、木偶式的人物，使我们看清倘若被剥夺消遣①、完全匍匐于神明脚下，我们将是何种模样。

　　在《城堡》中，屈从于日常生活成为一种道德规范。K最大的希望，是被城堡所接纳。因为单凭自身的力量无法做到，所以他竭力成为村庄的一员，摆脱所有

――――――――――――――

① 在《城堡》中，两名助手似乎代表着帕斯卡式的"消遣"，他们"转移"了K的烦恼。如果说弗丽达最后成为其中一位助手的情妇，那是因为她更喜欢外在而非真相，宁可选择平淡生活而非共享焦虑。——原注

人都将其视为局外人的身份，从而赢得城堡的青睐。他想要一份工作、一个家庭，一个作为正常健全人的生活。他再也无法忍受自己的癫狂，他想变得通情达理，他想摆脱使他成为村庄局外人的奇特诅咒。由此可见，与弗丽达产生交集的情节意义重大。这个女人认识城堡中的某位官员，K 之所以与她保持情人关系，便是因为她的过去。他从弗丽达身上汲取某种超越自身的事物——同时，他也觉察到弗丽达永远不配进入城堡的原因。这不禁让人联想到克尔凯郭尔对维珍妮·奥逊的怪异之爱①。在某些人身上，吞噬他们的永恒之火如此猛烈，足以烧毁周遭的人心。将不属于上帝之物归于上帝，这一致命的错误亦是《城堡》这一插曲的主题。但对卡夫卡来说，这似乎算不上错误，而是一种学说、一

①克尔凯郭尔曾向维珍妮·奥逊求婚，但又以"自己忧郁的性格不适合婚姻"为由而退婚。

次"跳跃"。没有不属于上帝之物。

更意味深长的是，土地测量员为了亲近巴纳巴斯姐妹而疏远弗丽达。因为巴纳巴斯一家是村子里唯一被城堡和村庄完全抛弃的家族。长姐阿玛利亚拒绝了某位城堡官员向她提出的无耻要求。随之而来的是不道德的诅咒，将她永远逐出上帝的垂怜。无法为上帝舍弃尊严，也就不配领受上帝的恩典。由此可见存在主义哲学的常见议题：真理与道德的对立。此处所涉及的意义更为深远。因为卡夫卡笔下的主人公所走的道路——从弗丽达到巴纳巴斯姐妹，正是从信仰上帝之爱走向奉荒谬若神明之路。在此，卡夫卡与克尔凯郭尔所见略同。"巴纳巴斯姐妹的故事"放在整本书的最后，并无稀奇之处。土地测量员最后的尝试，是通过否定上帝之物来寻找上帝，他不是根据善与美的范畴，而是透过上帝冷漠、不公与仇恨背后的空洞且狰狞的面孔来认识上帝。这位请求城堡接纳他的局外人，在旅途接近尾声时又被放逐了，因为这一次，他背叛了自己，放弃了道德、逻辑与精神的真理，满怀疯狂的希望，以期进入神恩的荒漠①。

"希望"一词在此并不可笑。恰恰相反，卡夫卡所描述的境况愈凄惨，希望就愈强硬、愈嚣张。《审判》中的荒谬愈是真实，《城堡》中高贵的"跳跃"就愈显震撼与不合情理。但我们再次发现存在主义思想中最纯粹的悖论，正如克尔凯郭尔所说的："唯有掐灭尘世的希望，才能被真正的希望②所拯救。"这句话亦可诠释为："必须先完成《审判》，才能创作《城堡》。"

大多数人在谈及卡夫卡时，都会将他的作品定义为人类走投无路的绝望呐喊。但这一说法有待商榷，因为希望随处可见。亨利·波尔多③的乐观主义作品在我看来格外令人沮丧，因为艰深的心灵在其中毫无

---

① 这显然只适用于卡夫卡留给我们的未完成版本的《城堡》。不过，作者是否会在最后几章打破小说的统一基调，这一点有待深究。——原注

② 即心灵的纯洁。——原注

③ 法国作家和律师，其作品涵盖所有体裁，充满传统的天主教价值观。

容身之地。相反的，马尔罗的思想总是令人振奋。但对于这两种情况，重点并不在于相同的希望或相同的绝望。我只是看到荒谬作品本身竟能导致我力图避免的对荒谬的不忠。作品原本只是无意义地重复徒劳的处境，高瞻远瞩地颂扬转瞬即逝之物，在此却变成幻觉的摇篮。作品做出解释，赋予希望以形式；创作者再也无法与之分离。作品不再是本该成为的悲剧性游戏；它赋予作者以生命的意义。

不管怎样，像卡夫卡、克尔凯郭尔或舍斯托夫这些受到相似启发的作品，简而言之就是存在主义小说家和哲学家的作品，都倾向于谈论荒谬及其后果，最终却发出希望的洪钟巨响，这一点非常奇怪。

他们拥抱吞噬他们的上帝。希望卑躬屈膝地乘虚而入。存在的荒谬使他们更为确信超自然的现实。倘若生活的道路通往上帝，那便有了出路。克尔凯郭尔、舍斯托夫和卡夫卡笔下的主人公锲而不舍地重复各自的旅程，正是对这种确信所具有的崇高力量的独特证明[①]。

卡夫卡拒绝承认上帝所谓的崇高道德、真切、仁慈与统一，只是为了更好地投入上帝的怀抱。荒谬被承认、被接受，自从人屈服于它的那一刻起，荒谬便不再是荒谬了。在人的境况范围内，还有比逃离这种境况更大的希望吗？我再次看到，与主流观点相反的是，存在主义思想浸淫在无尽的希望之中，这种希望曾同早期基督教与救世福音一起激荡着整个古代世界。然而，在所有存在主义思想所特有的跳跃中，在这种坚持中，在对无实相的神性的审视中，人们怎会看不出一种自我放弃的清晰标志呢？但愿这只是一种为自我救赎而放弃的傲慢，或许富有成效。但放弃并

①《城堡》中唯一不抱希望的人物是阿玛利亚。土地测量员最强烈反对的人就是她。——原注

不能改变傲慢。在我看来，清醒并不会因为像傲慢一般无用而削减自身的道德价值。因为真理就其定义而言也毫无建树。所有显而易见的事实亦是如此。在万物既定、唯独缺乏解释的世界中，价值或形而上的丰富性是空洞的概念。

无论如何，在此可以看到卡夫卡的作品遵循哪种思想传统。事实上，明智的做法是将从《审判》到《城堡》的发展视为不可避免的写作过程。约瑟夫·K和土地测量员K只是吸引卡夫卡的两个极端。我会认同卡夫卡的说法，他的作品或许并不荒谬。但这并不妨碍我们领略其作品的崇高性和普遍性。这两项特质来源于他深谙如何充分地表现从希望过渡到痛苦、从绝境生智过渡到自愿盲目的日常经历。卡夫卡的作品具有普遍性（真正的荒谬作品并不具普遍性），既因其呈现出人逃离人性时的伤感面孔，从矛盾中汲取信仰的缘由，从泛滥的绝望中找寻希望的理由，以及将生命称为学习死亡的骇人过程，又因其受到宗教的启发。正如在所有的宗教中，人都摆脱了生命的重负。尽管我对此心知肚明，尽管我赞赏此举，但我也知道自己追求的不是普遍性，而是真实性。这两者并不一致。

如果我说，真正绝望的思想恰好是以相反的标准所界定，而悲剧作品可能是在驱逐所有对未来的希望之后，描述幸福者的人生，那么就能更好地理解这种特殊的观点。生命愈是精彩纷呈，舍弃生命的想法就愈荒谬。这或许就是尼采作品中弥漫着极致冷漠的秘密所在。在这方面，尼采似乎是唯一一位从荒谬美学中得出极端后果的艺术家，因为他所传达的最终信息，仍旧是毫无建树但所向披靡的清醒意识，以及对任何超自然慰藉的坚决否定。

上述内容足以表明卡夫卡的作品在本文框架内的

重要意义。我们已然被带到了人类思想的边界。就整体意义而言，卡夫卡作品中的一切都至关重要，它至少完整地提出了荒谬问题。倘若我们将这些结论对照最初的看法，将内容对照形式，将《城堡》的深意对照铺陈其间的自然艺术性，将 K 热切且骄傲的追求对照日常生活的布景，我们就能理解卡夫卡作品的伟大之处。如果怀旧是人类的标志，或许没有人能像卡夫卡一样赋予这些悔恨的魅影以血肉与立体感。但与此同时，我们将领会到荒谬作品所要求的那份独特的崇高，但它在此处是不存在的。如果艺术的本质是将普遍性融入特殊性，将滴水易逝的永恒定格在光影游戏中，那么荒谬作家的伟大之处就在于他知晓如何介入两个世界，其秘诀在于能够准确地找到这两个世界最不相称的交汇点。

坦率地说，纯洁的心灵能够随处看到人与非人的交汇点。《浮士德》和《堂吉诃德》之所以是杰出的艺术创作，是因为它们用尘世之手向我们展现无可估量的崇高。不过，总有精神否定这双手所能触及的真理的时刻，总有创作不再被视为悲剧、被严肃对待的时刻。于是，人开始关注希望。但希望与他无关，他该做的是回避托词。在卡夫卡即将完成对整个宇宙的激烈审判之际，我发现的正是这些托词。最后，面对这个触目惊心的可憎世界，面对这个连鼹鼠都怀揣希望的世界，他却不可思议地宣告它无罪 ①。

---

① 上述内容显然是对卡夫卡作品的一种解读。但需要补充的是，我们完全可以从纯粹美学的视角来审视这部作品。例如，伯纳德·格罗休森在其《审判》的序言中，明智地将自己限制在仅追随他称之为"清醒的熟睡者"的痛苦想象之上。这部作品的命运，或许亦是它的伟大之处，正是提供一切，却不做任何肯定。——原注